U0748912

岁月凄迷，人生苦旅，往事不堪回首。家境贫，磨难多，流言冷箭防不胜防，人生路上太多坎坷。纵然如此，始终热爱生活，勇向前，不信邪，饱经风霜，绝处逢生，饮得一掬甘泉。若用几个字来概括我这一生：逆境挣扎，随遇而安，悲欣交织，自强不息。

　　李白有诗曰："两岸猿声啼不住，轻舟已过万重山。"回眸此生经历，深情沉湎于诗的意境中。

苦旅甘泉

杨大辛自述

天津出版传媒集团

天津人民出版社

图书在版编目(CIP)数据

　　苦旅甘泉：杨大辛自述 / 杨大辛著. -- 天津：天津人民出版社, 2019.8
　　ISBN 978-7-201-14740-6

　　Ⅰ. ①苦… Ⅱ. ①杨… Ⅲ. ①回忆录-中国-当代 Ⅳ. ①I251

　　中国版本图书馆 CIP 数据核字(2019)第 093745 号

苦旅甘泉 杨大辛自述
KULÜ GANQUAN　YANGDAXIN　ZISHU

出　　版	天津人民出版社
出 版 人	刘　庆
地　　址	天津市和平区西康路 35 号康岳大厦
邮政编码	300051
邮购电话	(022)23332469
网　　址	http://www.tjrmcbs.com
电子信箱	reader@tjrmcbs.com

策划编辑	王　康
责任编辑	岳　勇
装帧设计	明轩文化·王　烨

印　　刷	三河市华润印刷有限公司
经　　销	新华书店
开　　本	710 毫米×1000 毫米　1/16
印　　张	10
插　　页	2
字　　数	100 千字
版次印次	2019 年 8 月第 1 版　2019 年 8 月第 1 次印刷
定　　价	48.00 元

版权所有　侵权必究
图书如出现印装质量问题,请致电联系调换 (022-23332469)

目 录

目 录

家境贫困

一、我的父亲

1925 年 2 月 18 日(乙丑年正月二十六日),我出生在天津特一区(今河西区)三义庄宝德里。按家族谱系取名"永福",20 岁时有感于身世凄楚,别署"大辛"。父亲杨玉和,武清县(现天津市武清区)人,来天津做工;母亲鲍氏,是流落天津的广东籍贫民,我从不晓得她的名字。杨家祖籍河北省武清县陈嘴乡杨庄子。相传始祖在清朝初年落户于此,经过世代子孙繁衍,成为这个小村落的大户人家,析居为东、西、南、北四门。我家这一分支,因先人治家无方,逐渐败落贫困,1949 年后土改时被划为贫农成分。

父亲在兄弟 3 人中排行老三,生于清光绪十三

父亲杨玉和(1887—1971)

1

年二月十六日(1887年3月10日)。幼年念过私塾,粗通文字。成
年后弃农做工,在离本村数十里外的一家染坊劳动,活计繁重且
待遇苛刻,不堪其苦。民国初年,父亲背井离乡来到天津谋生,打
过短工,当过小贩,跑过火车(即随列车贩卖食品、香烟之类的小
商品,旧时俗称"跑火车"),后来在位于日租界的新旅社充当杂
役,终于在城市里站住了脚。

　　天津有个带有宗教色彩的社会团体——基督教青年会,1895
年进入天津,1914年在新开辟的东马路建造大楼。规模宏伟的新会
所建成后,面向社会招收勤杂人员,不知父亲通过什么关系进入青
年会工作。父亲虽然文化程度不高,但心灵手巧,特别喜好钻研各
种技术,在实践中逐渐掌握了修理电器、水暖与铁木杂活等技能,

天津基督教青年会大楼(摄于1918年,现为天津市少年宫)

绰号"杨万能",成为青年会不可或缺的维修工。父亲为人耿直淳朴,工作吃苦耐劳,人际关系和善,在青年会一直勤勤恳恳地工作了三十多年。父亲耿直勤劳的性格,对我为人处世起到了潜移默化的影响。

二、我的母亲

父亲在家乡时曾由父母包办结婚,一年后妻子怀孕,不幸因难产而去世,胎儿也未能成活。此后父亲鳏居十多年,直至在青年会有了稳定的工作与收入以后,才考虑重新组织家庭。经人说合,娶了一位广东籍的女青年鲍某为妻。

鲍某年幼时随父母自遥远的广东北上天津谋生,待父亲找到合适的工作以后,一家三口在天津落户。十几年后父亲不幸病故,抛下母女二人,生活陷入困境,且女儿业已成年待嫁,期盼有个归宿。经人介绍,得知我父亲单身一人,上无父母,下无弟妹,女儿过门后即可当家主事,遂认可这门亲事,唯一的要求是赡养岳母,共同生活。于是父亲与鲍某结婚,组成家庭。

这桩婚姻存在诸多不协调因素。当时父亲已经三十多岁,而母亲才二十岁左右,老夫少妻,感情存在隔阂,父亲整天忙于工作,家庭缺少温暖;更麻烦的是南、北方人的性格与生活习俗不同,一时难以磨合。从我两三岁记事起,就经常见到父母为生活琐事大吵大闹,母亲脾气暴躁,一吵架就摔砸东西(瓷器、玻璃器皿之类),吵得四邻不安,多有烦言。母亲心情郁闷,我就成为她发泄情绪的对象,经常挨打,更招致邻居非议,邻里关系很不和谐。后来母亲又生了一个女孩,乖巧伶俐,招人喜爱,母亲的感情似乎有所寄托,与父亲的关系逐渐缓和。

母亲只身流落北方,夫妻感情不睦,邻里关系疏冷,又缺乏至亲好友的情感交流,因此心情抑郁,性情烦躁,从而积怨成疾,腹腔经常疼痛。为给母亲治病,父亲到处求医问药,有的医生说是"肝胃不和",有的医生说是"气裹血",吃了多剂汤药也不见效,现在分析可能是癌症。在我8岁那年,母亲的病情加重,痛苦异常。祸不单行,5岁的小妹又突然高烧不退,抽搐呕吐,据说患的是猩红热,没几天就闭上了眼睛,我记得那天是星期六。又一个星期六,母亲也撒手人寰,大概也就活了三十多岁。一周内四口之家丧其半,父亲在感情上难以承受如此残酷的家庭变故,捶胸顿足,哀号不已。为给母亲治病与治丧,父亲负债累累。

三、父子相依为命

母亲与小妹的去世,使父亲的情绪受到很大刺激,尤其是经历了两次婚姻的创伤,似乎看透了人生。经过几天的思虑,他果断地做出一个决定:结束家庭生活。父亲语重心长地对我说:"孩子,咱不要这个家了,我不能给你再找个后妈,不能让你受委屈,就咱爷俩儿过吧! 我尽力供你读书,念完小学,咱上中学。你要为爸爸争气!"父亲的这一番话,字字镌刻在我的心中,铭记至今。

父亲很快就把家具变卖一空,退了租房,携带被褥衣物,带我到工作单位居住。青年会的负责人同情父亲的不幸遭遇,默许了父亲"带孩子上班"的这种举措。初期我居无定所,先后随父亲住过传达室、锅炉房、礼堂后台、堆杂物的库房。1937 年 7 月,日本侵华战争爆发,天津沦陷,青年会被迫收缩社会活动,有的干事投入抗战离开青年会,父亲才得以争取到一间不到十平方米的小屋子,作为宿舍。虽然温饱无忧,但生活上不敢有任何奢求,甚至从来不过春节。父子二人相依为命,过着清苦而孤零的生活,父亲唯一的精神慰藉倾注于对我的抚育与期望。

我自小没有感受到多少母爱与家庭的温馨,却体验到人生的苦难与社会的不公平。我是在忧患中成长起来的,因而成年后成为一个悲天悯人、愤世嫉俗的文化人。

求学经过

一、6 岁入学读书

我在 6 岁那年（1931 年）读小学，进入天津乙种工业学校，校址在原来的道教宫观玉皇阁。

20 世纪初，出任直隶总督的袁世凯为推行"新政"，兴办实业，占据了道观玉皇阁成立直隶工艺总局，附设工艺学堂。后来工艺总局迁出，原址改组为乙种工业学校，实际上与普通小学没有什么区别，只不过在高年级班设有化学工艺课，讲点工业生产知识，做些实习（如制作肥皂、牙粉、雪花膏之类的日用品），有时还组织学生参观工厂，也可说是"乙种工业"的特色吧。该校由于这种历史渊源，在天津的小

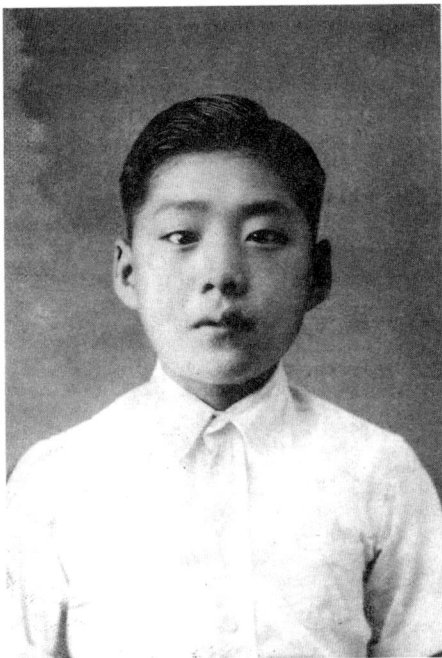

小学毕业留影（1937）

学中有一定的知名度。校长王南复,是河北省国民党党部委员;继任校长杨文卿,非常热心教育事业。教师队伍比较强,有两位老师毕业于北京师范大学。

我在学习上比较用功,每次考试都名列前茅。我最感兴趣的课程是国语与美术,因此作文与绘画作业不断得到老师的鼓励。父亲常为我买些儿童读物,如《儿童世界》《小朋友》之类的刊物,内容图文并茂、生动有趣,更激发了我对作文与绘画的兴趣。记得我在11岁时曾向一家儿童小报投稿,不但刊登出来,还得到两支铅笔的奖励。这样,无形中在我的心灵中播撒下了文艺的种子。

二、升学商职中专

1937年夏,我小学毕业,准备报考中学。此时日本帝国主义蓄谋发动侵华战争,于7月7日炮击卢沟桥,并于7月底出兵占领天津。当时,炮火连天,许多建筑被炸毁,中国军民死伤无数。一颗炮弹击中青年会大楼的房檐,掉下来的瓦砾砸伤了我的头部,所幸经过紧急包扎并无大碍。父亲带我到法租界避难,临时住在位于巴黎道(今吉林路)的青年会分会所。战争导致社会秩序混乱,耽误了我报考中学。有一天,在巴黎道偶然见到有一所私立众成商业职业学校正在招生,于是"饥不择食,慌不择路",我便报考了这所学校。说是中学,其实不过是一幢普通的三层楼房,有较大的房屋七八间,没有庭院,更谈不上什么操场了,作为学校确实简陋了些。

众成商职学校是由天津银钱业人士醵资创办的,目的是培育金融业的从业人员。董事长王晓岩,天津钱业同业公会主席、余大亨银号经理;校长王荷舫,工商界著名人士、后出任河北省银行总经理;继任校长曹仲戣,曾任山东省教育厅视学。学制6年,初、高年级各3年。课程除国文、数学、英语与一般中学相同外,其余皆为职业教育的实用学科,有经济、法律、会计、仓储、国际贸易、商业英语,以及珠算、打字等。教师多是职业教育行家,教学质量还是不错的。后来又被迫增加日语课。

初入众成商职,我对各学科皆有新鲜感,但最感兴趣的还是国文课。讲授国文的老师先后有吴英华、郑菊如、陈慰苍,都是津门宿儒,他们讲授《论语》《孟子》《史记》的部分章节,以及历代名家文选,精辟生动,使我对国学知识有了初步理解,并对古代诗文萌生兴趣。

三、思索人生志向

随着年龄的增长,我逐渐有了独立思考的分辨能力,开始考虑人生的奋斗方向,同时原来对文艺的偏爱情绪也在不断发酵,因此对职业教育课程感到枯燥乏味。这样,在求学的道路上就彷徨于十字街口:一条路是求学深造,将来考取大学,以父亲的经济条件,这条道路显然走不通;另一条路即打好职业教育的基础,将来进入商界工作,对此我极不情愿;还有一条路就是从事文化艺术事业,这是我梦寐以求的,虽然自己的条件尚不具备,但可以向这方面去努力。大致从十五六岁起,我就认可了要走这第三条道路。

从此，我在学习上就过着双重生活：在课堂敷衍应付，但求考试及格，混个文凭即可。在课余时间，热衷于阅读中外作家的名著，开始练习写作，锻炼驾驭文字的能力；与此同时，又参加天津美术馆的星期班，每周日上午去学习素描、写生的基础课，后又对木刻发生兴趣，并结识了几位同样爱好美术的青年朋友，如李平凡、金力吾、李培昌（左建）等。

我逐渐开阔视野，关注文学、艺术方面的信息，开始直面社会现实生活。

步入文学殿堂

一、倾心普罗文学

我的文学修养很浅薄,但当我涉足文学领域之后却有所倾向,即关注普罗文学(无产阶级文学)。读著名作家(尤其是高尔基)对社会底层群众的苦难、无助与抗争的描述,感同身受。这与我的贫苦出身、童年遭遇,以及对社会的观察不无关系,我从思想感情上不可能接受唯美主义、浪漫主义、颓废主义之类的文艺思潮。受普罗文学的影响,我产生了也要去写劳

天津美术馆星期班学员合影
第三排右二是老师陈宗向,最后一排左一是杨大辛

动人民苦难生活的冲动。当然,无论是生活体验还是写作功力,我都处于幼稚阶段,尚未形成成熟的人生观与文学观。

沦陷时期的天津文坛一片荒凉。没有文学社团,没有文学刊物,也听不到文学家的任何信息。报纸副刊充斥着风花雪月、颓靡伤感的无聊文字。可以填充文学荒野的也只有那些章回体的通俗小说,包括武侠的、言情的、警世的,等等。这些小说先在小报上连载,然后结集出版单行本,拥有相当广泛的读者群体,并造就了几位通俗小说名家,如刘云若、宫白羽、还珠楼主、郑证因等。至于新文学,是找不到出路的。

当时天津有一张娱乐性小报——《银线画报》(三日刊),主要报道电影、戏剧与舞场消息,此外为笼络青年读者,辟有半版"青年园地",吸引爱好文学的青年投稿,我也是其中一人,经常写些散文在该报刊登出来。这一小块园地就成为我练习写作的"垦殖田",以致后来该报聘我为助理编辑,这是后话,留待下一章叙述。

二、文坛崭露头角

北京(北平)是文化古都,即使在沦陷时期文坛也未沉寂冷落,仍有若干文学期刊出版,因此天津有些作家便去北京发展。我的第一篇小说《火灶上》就发表在北京《新民报半月刊》上(1942年1月),署用笔名杨鲍。这篇小说以饭馆灶间为背景,描写厨师们的生活片段,文笔粗拙但题材新颖,所以被编者看中。我的作品变成了铅字,激发了我对写作的积极性。接着又写了一篇小说《跳会》,描写农村青年在农闲时的娱乐活动,投寄北京《艺术与生活》杂志社,

长篇小说《生之回归线》

被编入名为《同心集》的小说专集。

同年,北京《国民杂志》举办 10 万字长篇小说征文,规定正选奖金 1000 元,副选 500 元。我一时冲动,竟不自量力地用了 3 个月的课余时间完成长篇小说《生之回归线》,寄去应征。内容描写一个农村青年去大城市谋生,经过种种磨难与不同的工作岗位,最后成为作家,又厌倦了城市生活,重返农村去探索新的人生道路(暗示投向革命)。没有想到我的这篇作品竟当选为正选,从 1943 年 1 月起在《国民杂志》上分 4 期连载。其实就我的写作经历而言,这篇作品很不成熟,所以能够当选,可能因为敢于描写社会的阴暗面。北京社会科学院文学研究所张泉先生在 1994 年出版的《沦陷时期北京文学八年》一书中,评论这篇作品时写道:"作者的生活积累和艺术修养还不足以把握长篇小说的样式,使得作品的结构、布局有明显的缺陷,叙事拖沓,缺少连贯性,很像是把一个个生活片

短篇小说《大莲》《潮湿的角落》

段缀合在一起,缺少有机的联系和过渡,人物心理和性格的刻画比较粗疏。但坚持真实地描写现实生活的意图,还是十分明显的。"这些评语非常中肯。

三、痴迷写作生活

《生之回归线》发表后,我的写作活动便一发而不可收,又连续创作了短篇小说《罪与罚》(刊于北京《新进》杂志)、《她们三个人》(刊于北京《万人文库》)、《乡下的故事》(刊于《华北作家月报》)、《大莲》(刊于日本大阪《华文每日》杂志)、《潮湿的角落》(刊于上海《文友》杂志)。我又应北京《民众报》之邀,撰写中篇小说《生活在底层里》,约四万字,在该报4月至6月间连载。以上作品均以社会底层群众的生活遭遇为题材,形成个人的创作风格。

同一时期,我在木刻创作方面也有所成就。遵循鲁迅先生提出的木刻艺术是"大众革命的武器",所以我的木刻作品都以反映劳动人民的苦难境遇为题材。我结识一些爱好木刻的青年朋友,征集他们的作品,在1943年1月1日至3日借用青年会巴黎道会所举办"津京木刻展"。参展的天津木刻作者8人,作品63幅;北京木刻作者11人,作品45幅。由于当时的政治环境不能进行公开报道,所以前来参观的人并不踊跃。没有想到的是,展览竟引起日本特务机关的注意,他们怀疑展览的政治背景,这是我后来听说的。

以文会友,我结识了一些当时知名的文化人,如吴云心(甲乙木)、王振寰(王朱)、李子英(李木)、冯贯一、宫竹心(白羽)、田秀峰

天津文化人在北宁公园雅集留影(1942)

第一排:刘子密(左一)、刘文娴(左三)、余谦(左四)、萧英华(左五)、陈乃勇(左六)、于长谊(左七),第二排:邵桐仁(左一)、吴云心(左二)、杨鲍(左三)、王朱(左四)、史宗印(左五)、杨袁(左六),第三排:徐玉成(左二)、穆伊芒(左三)

（田青）、杨袁、冯棣（朋弟）、黄冠廉等,他们对我多有勉励与提携。当时我还是个中学生,已经开始跻身文化人的行列了。

1943年我18岁,少年得志,自我陶醉,在增强了从事文学事业信心的同时,也滋长了自负自满的骄傲情绪。

从事编辑工作

一、顺利就业当编辑

我由于写作而文名鹊起，因此中学毕业后求职就业之事一路顺风。

我从 1942 年初开始向《银线画报》投稿，结识了该报社长张圭颖。同年 8 月，他邀我担任助理编辑，当时我还在众成商职读书，经商定每天放学后去报社工作两个小时，负责编"青年园地"版，兼做校对，每月付酬 20 元，我欣然同意。迨 1943 年 6 月我毕业后，张圭颖就聘我为正式编辑，每日下午工作半天，月薪 40 元。虽然待遇不高，但我并不十分在意，因为当编辑毕竟是我期盼的职业，尽管我对《银线画报》的职业境况并不满意，权且作为我人生跋涉的出发点吧！

当时天津出版一种名为《每月科学》的科普杂志，比较畅销。1943 年 8 月某日，我忽然接到该社社长孔赐安的电话，约我面谈，我与孔素不相识，见面后才知道是邀我去该社工作，我以"对科学一窍不通"为由表示难以胜任，他说主要请我负责版面的编辑事务，并不参与组稿审稿的事宜，而且工作时间在晚上，也不影响我在《银线画报》的工作。他的态度很诚挚，我就应允下来，言明每月付酬 40 元。当我上班以后发现,该杂志的三四位编辑都是兼职,白天另有正式职业(多是老师),编杂志等于业余爱好,就连编辑长李念慈也是兼职。李对我说,聘我来工作是他的主意,颇看重我在写作上的成就,似乎有点惺惺相惜之意,此后我俩便成为多年的至交好友。(李念慈又名李守先,全面抗战胜利后进入天津《大公报》工作,1948 年去解放区,化名赵彤,天津解放时进城,在《天津日报》编副刊,笔名劳荣,是著名的文学翻译家。)

二、政治风险擦肩而过

我在《每月科学》兼职,可能引起张圭颖的不悦,又因为我的一篇杂文招致彼此间的龃龉。我在《银线画报》上发表了一篇杂文,讥讽某些人过着花天酒地的奢靡生活,引用了唐代诗人杜牧的一句诗,说"都是'隔江犹唱后庭花'之辈"。张圭颖见报后大为恼火,他说:"谁不知这句诗的上一句是'商女不知亡国恨',你这不是给我惹祸吗!"过了几天,他又对我说:"你办了个什么木刻展览,日本特务机关怀疑你是共产党,可得注意点!"我听了以后,虽不免有点吃惊,但又不以为然,因为我与共产党没有任何关系,当时我在政治上是很幼稚的。张圭颖却不能不有所顾忌,于是通过《银线画报》的特约编辑冯贯一向我示意主动提出辞职。因此我就以在《每月科学》工作繁忙为由,于 9 月下旬离开《银线画报》社。

事隔不久,有一个自称"邮局职员"名叫刘新生的中年人来访,声称欣赏我的文章并愿交个朋友。我在发表《生之回归线》以后,不断有陌生的青年人主动与我通信交往,所以对此人来访也未感意外。他每次来总要打听我读了什么书，写了什么文章，有没有新的木刻作品，还不时向我索取木刻拓片，后来又向我借钱，我逐渐厌烦此人并有意冷淡他，不久我离开天津，不再往来。在抗战胜利后，听说此人被国民党警察局逮捕，原来是日本特务，陷害过爱国人士。于是我联想到张圭颖曾对我通风警示，说明日本特务机关确实曾对我进行过怀疑与侦查。对我来说，一场政治风险擦肩而过。

三、憧憬漂泊海外

无论在《银线画报》还是在《每月科学》工作，都不能发挥我的才智，正当我思考另谋出路之际，机遇不期而全。我结交的一位从未谋面的朋友王家仁，给我来信说，大阪《华文每日》杂志正在物色编辑，经他引荐，该杂志编辑部也属意于我（因我曾在《华文每日》上发表过小说与木刻作品），问我是否愿意去。对我说来，多么憧憬能有机会漂泊海外，丰富我的人生经历，于是复信希望他玉成此事。恰在此时《华文每日》编辑苏瑞麟（又名苏实，笔名吕风）回国度假（其家在北京），随即与我取得联系，敲定此事，并由《每日新闻》北京分社开具录用证明，凭以办理护照等出国手续。

我执证明材料到天津警察局办妥护照，又去日本驻津领事馆办理入境签证，再去伪满洲国驻津领事馆办理过境签证，各项手续在数日内一一办妥，比较顺利。苏瑞麟在 12 月底销假返任，经与他商定一道出发。我从未考虑过出国就业之事，居然在我 18 岁这年实现了。

　　王家仁介绍我去大阪应聘《华文每日》编辑一事颇为蹊跷，因为不久他就从北京奔向敌后抗日根据地，此时我却去了日本，在政治上留下污点。（王家仁在一个难得的机遇感召下去了解放区，改名叶兵，参加部队，新中国成立后一直在北京军区服役。）

东渡日本

一、大阪之行

1943 年 12 月 23 日清晨,我与苏瑞麟一道从北京乘火车出发,一路东行,傍晚出山海关,深夜到达奉天(沈阳),然后南下直达安东(丹东)边界,过鸭绿江大桥进入朝鲜,继续南行,经平壤、汉城(现首尔),到达终点站釜山。在釜山停留半日,投宿一家小旅馆,翌日绝早去码头乘轮船,过对马海峡,驶抵日本下关,再换乘火车于 12 月 27 日到达大阪。一路劳顿,非常疲惫,下车后即随苏瑞麟临时住在他家。此番出国,多蒙苏瑞麟照拂,心存感激,引以为知己。不久,我移居兵库县夙川市的夙川公寓,距大阪市区二十多千米,每天乘高架铁路上下班,比较方便。

12 月 28 日,我随苏瑞麟到《每日新闻》社报到,办妥就职手续,正式上班。第二天,突然有一个名叫鸿山俊雄的日本人,特意来编辑部与我会晤,他讲一口流利的中国话,问了问我来日本的情况,旋即离去。事后得知,此人是日本特工,负责对华侨的谍报工作,为人阴险狠毒,不择手段地迫害华侨。我初抵大阪此人就急于认识我,无疑我已被纳入他的侦查对象,或许天津的日本特务机关已将我的情况通报给大阪了。(当时在日本神户华侨学校教书的李平凡就曾受到鸿山俊雄的迫害。）

《每日新闻》是日本著名的全国性大报，与《朝日新闻》《读卖新闻》并列为日本三大报业集团，在战争体制下必然成为日本军国主义对外侵略扩张政策的宣传工具。《华文每日》是该报下属对华进行文化侵略的期刊，创办于1938年，初为半月刊，1944年改为月刊，主要在中国沦陷区发行。由于杂志办得"出色"，又有借助于占领中国的影响力，因此销路甚广，号称发行百万册，可见其对沦陷区中国民众毒害之深远。我阴差阳错地跑到大阪任职，足以说明我当时在政治上糊涂到何等地步，参加革命后经受无尽无休的审查，盖源于此。

《华文每日》编辑部共有工作人员十余人。其中中国籍编辑四五人，均来自国内，另有中国留学生3人，从事日文稿件的翻译工作，不坐班；日籍人员3人，其中一人参与编务，另二人负责事务性工作。编辑长引田哲一郎，五十岁左右，据说在报社的资历较深而业绩平平，故被安排为《华文每日》编辑长的职位。他略通汉语，与中国编辑相处尚较融洽。《华文每日》篇幅的三分之一是政治部分，包括政治评论、战况报道、世界形势、社会动态、人物评述等，是体现文化侵略的主要标志，稿件由《每日新闻》各部门与驻各地记者提供，引田哲一郎亲自组稿与审定；其余三分之二篇幅是文化、文学、艺术部分，由苏瑞麟与我负责，引田基本上不干预。在《华文每日》的"兴盛"时期，编辑力量雄厚，网罗了许多国内的知名学者、作家、画家、演员供稿，当时甚至有北京的评论家撰文说"一时汉语文学的中心，大有跑到日本大阪的情势"，可见其影响力的广博。轮到我们这一伙编辑,受日本战事急剧衰败形势的影响,优异的稿件征集不上来,刊物的质量每况愈下,不但从半月刊改为月刊,而且印数锐减,已是强弩之末了。我在《华文每日》上曾用笔名发表斥责文坛的谬论与不良倾向的杂文,却从来没有写过任何"亲日"的文章。

二、战时日本印象

初到大阪的鲜明印象是:现代化大都市的建筑风貌,发达的城市交通,良好的社会秩序。生活一段时间以后,负面观感就越来越突出了:由于发动战争导致物资匮乏,市场呆滞,民众生活相当清苦,粮、油、副食、衣着等生活必需品均实行低水平的配给制。文化娱乐生活枯燥,除了渲染战争的电影外,歌舞类节日均很少演出,演艺人员下放到工厂劳动,作家、画家可以发表的作品几乎都是赞颂战争的题材。在高铁车站,经常看到送别适龄青年出征或迎接阵亡士兵骨灰的悲情场面。

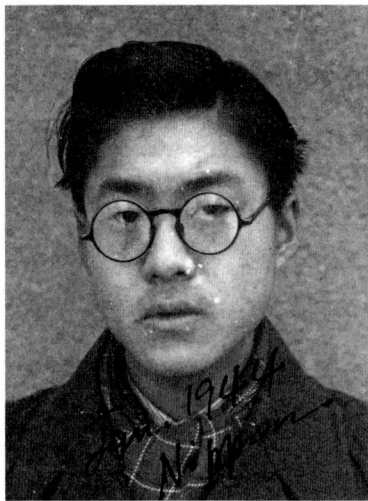

初到大阪留影

1944 年,日本在太平洋战场上节节失利,不时在报纸上见到某某岛"玉碎"(即全军覆没)的消息,同时美国飞机已经不断地轰炸日本本土。由于海上作战已经处于不利局面,于是组织所谓"神风特攻队"(驾飞机撞美国军舰)。战局不利,政局动荡,内阁频频更迭。老百姓畏于法西斯统治,不敢流露不满情绪。我住在小城镇的公寓，有机会接近普通民众，察觉到他们对战争前途的悲观情绪，但依旧甘愿为战争牺牲一切。公寓的老板娘帮我购买黑市大米，以示对我的关心照顾。我对日本战时社会的观察，有助于提高我的政治悟性。

旅居大阪期间，我曾先后去神户、京都、奈良、宝冢、和歌山、岚山、六甲山等地游览，领略了日本的自然景色与古建筑的旖旎风光。

游览奈良留影

三、醒悟归国

一本书使我受到一次革命的启蒙教育——我有幸借到在中国留学生中间秘密流传的美国记者斯诺写的《西行漫记》，从中探寻到一个陌生的、奇异的、充满活力的新天地，知道了红军、长征、陕北、苏维埃、共产党，以及毛泽东、朱德等许多传奇人物。斯诺的真切、生动、充满激情的笔触，犀利地刺痛了我的神经，意识到自己已经步入歧途，为此而深深自责。于是我决定立即辞职回国。

当我向兵库县外事课提出离境申请时，却遇到阻力，拖延不批。据苏瑞麟说，日本特高课对凡是到日本不久就离境的外国人，均视为有搜集情报之嫌而加以刁难。我在大阪不曾参与任何政治活动，所以不怕他们审查，就一再催促，拖了将近三个月才获准离境，已经是1945年2月了。我终于在3月2日回到了故乡天津，算起来旅居大阪14个月。

归国后朋友们告诉我两件令我震惊的事：

1944年夏天，日本特务机关突然逮捕了《每月科学》社的全体工作人员，据说日本特务根据掌握的情报，认定《每月科学》社是国民党潜伏在天津的抗日组织，故此一网打尽。拘捕后经过审讯查明：仅社长孔赐安与国民党地下工作者有过交往，办杂志曾接受过此人的赞助，至于其他人均与国民党无任何关系。结果日本特务机关仅把孔赐安控制起来，其他人经过一番折磨后陆续释放，此案就此了结。当时我如果在天津，肯定在劫难逃。

也在1944年夏天，我的朋友冯贯一被日本特务机关逮捕。冯是东北人，在日本侵占我国东三省后流亡天津，谋得河东某私立小学的校长职务。他通晓日语，经常翻译日文资料投寄报刊发表。冯被捕后，据说案情严重，不久瘐死狱中，具体情况不详。冯为人笃厚，谈吐文雅，有学者风，我俩交往比较密切，我如果在天津很可能被株连。得知冯贯一为抗日而牺牲，哀悼之余，更怀有无限崇敬之情。

接受民主思潮"洗礼"

一、失业赋闲

1945 年我 20 岁,度过近一年的失业赋闲生活。

日本全面侵华战争已进入第八个年头,虽然占领了中国的大片领土,但在中国人民坚持长期抗战并不断消灭其有生力量的打击下,敌人已濒临穷途末路、垂死挣扎的境地,因而更加疯狂地进行经济掠夺,致使沦陷区物资匮缺,物价飙升,社会秩序纷乱,民众生活在水深火热之中。这期间我很烦恼,已经没有再继续从事写作的激情,并一度萌生设法投奔解放区的念头,但又不愿再离开孤老的父亲。出路何在?思想茫然!

我为谋求职业而奔走。同年 5 月,经同学介绍,到协隆汽车零件商行当店员,这是一家不大的私营企业,雇用几个徒工生产汽车使用的涩带油。资本家侯某兼任技师,性情暴戾,经常打骂虐待徒工。我也是穷家子弟,无法容忍这种阶级压迫,干了一个月就愤然辞职了。

其后不久,得知苏瑞麟携日籍妻子木本幸子与女儿从大阪回到北京,来信说他联络了几个朋友准备成立一个出版社,约我参与其事,为此去了北京。但由于筹措资金遇到困难,最终未能如愿,我只得返回天津,依旧找不到合适的工作。(苏瑞麟在 1946 年参加革命,改名苏实,新中国成立后在中央电视台工作。)

二、集资开办书店

1945 年 8 月 15 日,日本宣布无条件投降。14 年的艰苦斗争终于取得胜利,山河光复,举国欢腾,政治形势发生急剧变化。共产党、民主党派及各界爱国民主人士纷纷要求国民党结束一党专政,成立民主联合政府,社会舆论也为之鼓动,因此民主运动轰轰烈烈地开展起来。国民党反动派采取各种手段加以遏制与镇压,民主与独裁两股势力进行了针锋相对的斗争。

全面抗战胜利后不久,有一家中外出版社出现在北平西长安

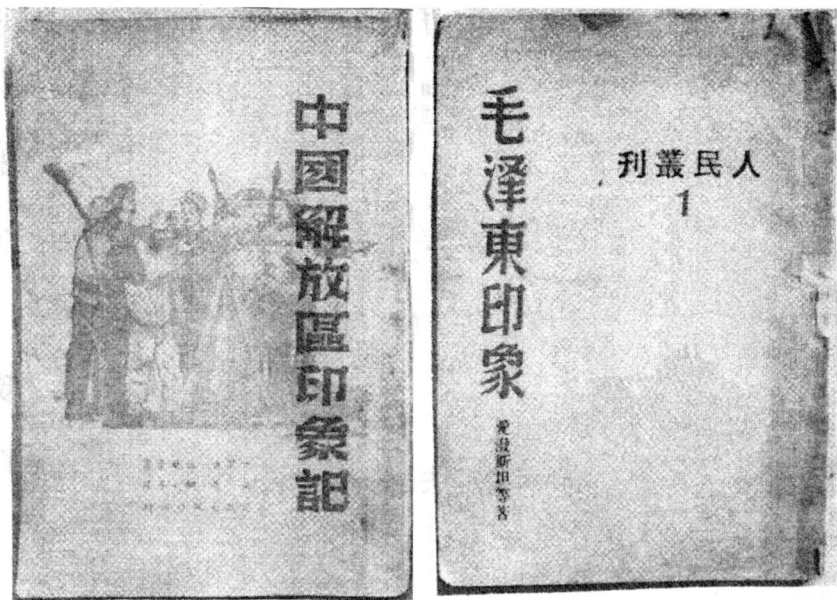

部分书影

街,是从大后方重庆迁过来的,负责人朱葆光,据说有美国新闻处背景。该出版社最初主要出版翻译国外有关国际问题的专著,后来成为鼓吹民主运动的宣传阵地,更进一步出版宣传扩大共产党影响的书刊,先后印行了《延安归来》《毛泽东印象》《中国解放区印象记》《红色中国的挑战》,以及介绍延安木刻艺术等书,社会反响强烈(这些书均虚构不同的出版单位,以迷惑国民党当局,使其难以追查)。之所以发生这种变化,因为该出版社经理张明善与工作人员多是中共地下党员(后来得知属地下中共北平文委领导)。

我原来在天津结识的朋友万舒扬也在该社工作,因此我去北平时就住在中外出版社楼上的宿舍。基于这一层关系,我有意在天津代理中外出版社的发行业务,也就是说我也想置身于民主运动的时代大潮中,因为此时我在思想上已经接受了民主运动的洗礼。

我联系了几位中学同学,集资开办书店,地点在一区辽北路60号,一栋临街两层铺面,一楼店堂仅二十多平方米,也没有进行装修,从中外出版社进货以后,就在当年12月5日匆促开业了。我担任经理,为书店取名"知识",寓意"知识就是力量"。后来我才知道,早在1936年在法租界21号路(今和平路)曾经有过一个知识书店,是地下中共天津工委开办的,主要销售宣传抗日与革命的图书杂志,在1937年7月底日本军队攻陷天津前夕停业。两店同名,纯系巧合,却有人认为当年的知识书店又"复活"了,无形中为我这个简陋的小书屋戴上了历史光环,这是不曾料到的。

知识书店是全面抗战胜利后在天津出现的第一家进步书店。虽然经销的图书门类过于单一,但因为书中多有反映国内政局动

《鲁迅文艺月刊》创刊号

荡的内容,因而受到读者的关注,尤其开业不久销售的一批书刊在读者中间引起强烈的反应。事情的经过是这样的:1946年1月,为调解国共两党不断发生的军事冲突,由美国牵头成立了军事调解处执行部,办公地点设在北平,叶剑英率领的中共代表团在来往于解放区的过程中,顺便带来一批出版物,交由中外出版社在社会上流通,我的好友万舒扬特意分拨给天津一部分,在知识书店出售。我记得其中有毛泽东的《论持久战》《新民主主义论》《论联合政府》,共产党的《整风文献》,文艺作品《白毛女》《李有才板话》,以及《晋察冀日报》《北方文化》杂志等。读者在书店发现这些书刊以后,奔走相告,纷纷前来购买。同年2月,新华社北平分社创办《解放》报三日刊,知识书店也为之推销。读者在知识书店可以买到共产党的出版物,自然在政治上就"红"了起来。

此前在1945年10月间,中共地下党员李玉和(任朴)奉上级指示,在天津成立党的外围组织天津文化人联合会(简称"文联")。

在成立宣言中,旗帜鲜明地提出"期待着和平、团结、民主、自由而富强的新中国早日诞生",从而吸引了许多追求进步的文化工作者参与活动,我也是其中一员;其后又创刊《文联》周刊(不久改为半月刊),政治倾向鲜明,甚为畅销。文联为保证自身安全,处于半隐蔽状态,活动受到一定限制,在知识书店开业以后,即作为《文联》的总经销处,同时也成为文联会员经常来往的联络点。中共地下党员蒋子绳于1946年1月创办《民言》杂志,反映人民呼声,抨击国民党的反动统治,连续出版数期均交由知识书店出售。此外,凡是有进步倾向的期刊,无不送交知识书店代为推销。我也不甘落后,于1946年2月依托知识书店创办《鲁迅文艺》月刊,主要转载全面抗战期间在重庆、延安的知名作家的作品,由于在天津很难见到,故受到读者欢迎。我还将搜集到的一些延安与重庆的木刻作品编为《木刻新选》,由知识书店出版发行。

通过以上一系列的经营活动,初步奠定了知识书店在广大读者群众心目中的地位。

三、政治风势急剧逆转

风起云涌的民主运动,猛烈地冲击着国民党政权,尤其是"扩大民主,改组政府"的呼声最为强烈。国民党反动派采取惯用的特务手段,钳制社会舆论,破坏民主运动,迫害进步力量,制造白色恐怖,同时加紧部署发动内战,妄图以军事手段消灭共产党。"文联"受到国民党特务的打压,被迫停止活动,《文联》也同时停刊,其他进步书刊(包括《鲁迅文艺》《民言》)也陆续停止出版。当然知识书店也受到特务分子的监视。

在这种风声鹤唳的形势下，与我合作的几位同学担心个人安危，以股东身份做出停业的决定。苦心经营了半年的知识书店若是就此结束，我不甘心，于是向友人李克简、王希贤求援，希望他们出资接兑书店，蒙二人慨然应允，知识书店得以继续经营。

李克简（李之栋）是天津人，在全面抗战初期参加革命，我与他相识于1945年3月，是应友人李子英（李木）之邀参加宴请他的一次聚会，当时李克简刚被中共北方局城市工作委员会从解放区派回家乡天津从事地下工作。见面后他自我介绍说在重庆经商多年，但我俩谈话却围绕现代文学的动向而展开议论，当时我对他的"商人"身份就有所怀疑。在我开办书店以后，他经常来，相处时间长了就无所不谈，他曾多次谈到抗日根据地许多作家的情况，他究竟是何许人，可以心照不宣了。1946年3月，李克简协助李子英创办《自由周报》，约我参与编辑工作；我主编《鲁迅文艺》，也约他写过稿，彼此交往日益密切。王希贤（王屋）是邮局职员，也是诗人，1944年参加地下工作，全面抗战胜利后出面组织文联，经常到知识书店来买书，我也曾约他为《鲁迅文艺》写过稿，彼此关系逐渐熟稔。我之所以找他俩求助接兑书店，基于我与他们在政治上有共同语言，他们爽快地答应投资，也基于在政治上对我的信任，我们的合作可以说是水到渠成。

当时我并不清楚，李克简与王希贤二人的投资都来自共产党的经费，从此知识书店就成为地下党领导的文化事业。

坚守革命岗位

一、接受中共地下组织领导

1946 年 5 月下旬，知识书店完成了改组，仍由我担任经理。书店在名义上是李克简、王希贤与杨大辛 3 个人合资经营的企业（其中李克简名下法币 120 万元，王希贤名下 100 万元，杨大辛名下 10 万元。另外，1947 年 7 月曾在北平《解放》报社工作过的秦健生也曾支持书店部分资金），实际上是中共地下组织刊用书店的合法阵地，对国民党统治区的广大群众传播进步文化与革命舆论的外围组织。

李克简与王希贤虽然都是中共地下党员，但彼此并不熟识，因为地下工作纪律不允许党员之间发生横向关系。不久，李克简郑重地向我表明：他与王希贤都是共产党员，已经从组织上沟通了关系，并经组织决定今后主要由他出面负责领导书店工作。他叮嘱我一定要注意安全，谨慎从事，警惕国民党特务的破坏。书店不要搞得太"红"，有些明显宣传鼓吹革命的书可以不摆出来，只卖给靠得住的读者，重要的是把书店这个接头地点合法地保持下来。天津解放后我才知道，地下时期书店的上级领导是中共天津工委宣传部副部长娄凝先，后来我调到市政府任职，曾在他的领导下工作。

书店有了充裕的资金,一方面对店堂加以装修,另一方面积极开辟货源。当时全国的出版中心在上海,便着手打通上海的进货渠道,经过一番努力,与上海的进步出版单位,如生活书店、新知书店、读书出版社、华夏书店、作家书屋、晨光出版公司、群益出版社、海燕出版社、文化生活出版社、骆驼书店、光华书局等(其中有几家是中共上海地下组织开办的),都建立了业务关系,尽可能地做到新版图书与各种期刊及时到货。当时莫斯科外文出版局翻译出版了多种马列主义著作,可以从上海苏商时代出版社进货。在香港翻印的共产党的出版物,偶尔也可以通过上海辗转寄来。上海地下党秘密出版的抨击国民党反动统治的刊物(如《时与文》《文萃》等),都可以在知识书店买到。总之,知识书店集进步书刊之大成。

为了淡化书店的政治色彩,还从国民党的正中书局购进少量的《三民主义》《论中国之命运》(蒋介石著)之类的国民党出版物,并与中华书局、商务印书馆、开明书店在天津的分支机构建立业务关系。与此同时,我尽可能地参与图书南纸业同业公会的活动,不使知识书店孤立于同行之外。

二、掩护革命活动的据点

知识书店多次掩护往来于解放区的同志。在解放战争期间,从天津去解放区的途径是沿津浦路南下经沧州到泊镇,然后进入冀中解放区。有些在北平、上海书店工作的革命青年奔向解放区时,知识书店便成为他们途中的临时落脚点,在这里改变装束后动身去解放区。两年间书店先后接待过9位同志,其中有5位是北平、上海书店的进步青年，他们来天津时就在书店住上一两宿。他们去解放区的接头关系是他们自己联系好的，我从不打听，仅留他们在书店住宿。还有两个人，是党中央社会部派来的吴佩申介绍来的。吴曾在中外出版社工作过，我们很熟，他被派到天津，化名梁青山打入天津国民党社会局做地下工作。他找我说有个民主人士从香港来去解放区，需要在书店住一宿，我说没有问题。此人姓庞，是夫妇二人，带着两个孩子，很小的孩子，应该说是 4 个人了，还带着两个行李箱，住了一晚上，第二天便由吴佩申送走了，行李箱暂存在书店，过了几天才被吴取走。吴佩申在新中国成立后担任北京西城区公安局长、北京市安全局副局长，我们还有过联系。还有两个人是我的同学，找我要去解放区，我认识在北平一个叫陈鼎义的，知道他专门负责送北平的大学生去解放区，便去北平找他。他给了我两张国民党发行的钞票，面额很小，大概是 5 元的，他手里有很多新钞票，钞票的号码都是连着的。告诉我到泊镇找一家建筑公司，出示钞票就算接上关系，还嘱咐一定要背下钞票号码，如果被国民党军警没收，只要记住号码也能接上关系。经我手送往解放区的就这两个人，其他的人只不过留在书店住一两宿。事后得知他们都安全地到达了目的地。

1947 年 5 月，风闻北平国民党当局准备取缔中外出版社，该社中共党支部书记郭东青(郭霖)，经组织决定暂时转移天津，就在他蛰居知识书店期间，中外出版社果然被国民党特务查封并逮捕了工作人员。1948 年 4 月，原北平北方书店经理曾平从冀中解放区来天津执行任务，在书店住了 3 天，完成任务后重返解放区(曾平在新中国成立后任北京文联秘书长)。1948年9月,原中外出版社工作人员吴宝琛(吴佩申),经中共中央社会部派来天津,化名梁青山打入国民党天津市社会局,做争取局长胡梦华的工作,也把知识书店作为他临时落脚之处。此外,我还协助以北平美国新闻处工作人员为掩护的地下党员汪骏,在书店临时存放过运往解放区的药品与电台通信器材(汪骏又名汪行远,新中国成立后曾任中共贵州省委秘书长)。

1947年初夏,一辆吉普车送来两位特殊的顾客。一位中年人,身穿米黄色制服,仪表庄重,进店后便全神贯注地挑选图书;另一位是青年,和蔼可亲,悄悄地对我说,他们是联合国善后救济总署的工作人员,那一位是管大同同志。我得知他们的身份后,就热情地予以接待。他们挑选了一批图书,嘱我第二天送到利顺德饭店某号房间。我按时将书送到他们的住处,又见到那位青年,离开时他热情地握着我的手说:"你们在蒋管区坚持工作太艰苦了,我们即将撤退,后会有期!"后来得知,这位青年就是韩叙——20世纪80年代我国驻美大使。(管大同在新中国成立后曾担任国家工商行政管理局副局长。)

三、在腥风恶浪中搏斗

从1946年7月开始,国民党反动派大举进犯各解放区,全国内战爆发,国民党统治区弥漫着白色恐怖气氛,知识书店的处境险恶,除了国民党特务分子经常鬼鬼祟祟地光顾外,警察局与警备司令部都曾经来书店检查过,有时还没收他们认为内容"反动"的杂志。显然知识书店已经成为国民党当局的"眼中钉"。

1947 年下半年以后，人民解放军从战略防御转入进攻，国民党军队在战场上频频失利，国民党反动派更加强化其法西斯统治，特别是通过邮检不断查扣从上海寄来的邮包，从而阻塞了书店的进货渠道，同时在经济上也蒙受损失。针对这种情况，我在 1948 年 5 月亲自去上海采购，乘海轮随

知识书店留影

身带回来两麻袋的新书，虽然书店的营业困境略为缓解，但终非长久之计。我正为此事大伤脑筋之际，却成交一笔匪夷所思的"生意"。事情的经过是：国民党 CC 系开办的中国文化服务社在天津罗斯福路（今和平路）设有分社，除销售 CC 系的出版物外，还经销上海其他出版社的非政治类与政治上偏右的图书，以招徕读者，因此营业状况尚较活跃，但与知识书店并无业务往来。1948 年夏秋之交，该社从上海派来一位姓陈的经理，此人上任伊始突然到知识书店"拜访"我，来而不往非礼也，我随后也对他进行"回访"，无非是谈些生意经之类的闲话。人所共知，国民党 CC 系是中统特务组织的后台，陈某其人来者不善，我只好与之周旋。有一天我外出办事

知识书店同人在书店门前留影(右起:陈少年、杨大辛、徐习武、杨希尧)

途经中国文化服务社顺便进去闲坐,正赶上陈经理大发雷霆,原来该社从上海发来的货物竟有许多左派人士或"左倾"色彩的图书,气得他大骂上海发货人"混蛋",我正巧此时出现,他灵机一动便对我说:"这些书转给你算了。"我内心窃喜,却半推半就地表示:"那我就帮你这个忙吧!"从此我们之间似乎形成默契,凡是他们不便销售的书,就按原进货价折扣转手给我,前后大约有四五次。知识书店从上海进货受阻,却开通了这么一条特殊渠道,何其蹊跷!(1948年底已经包围天津的人民解放军即将发动攻城,这位陈经理乘飞机仓皇南逃,中国文化服务社在天津解放后由新华书店接收。)

国民党当局一直在监视着知识书店的一举一动。1947年11月,知识书店编印了一种介绍新书的《知识通讯》,不过是仅仅8页的推广宣传品,没有想到社会局竟为此事传唤我,指责《知识通讯》属于非法出版物,责令我具结不再继续出版,方算了结。还有一次,警备司令部稽查处送来传唤我的通知，当时不知道发生了什么问题，非常紧张，我只好硬着头皮前往。到了稽查处，原来他们在追查一本名叫《沧南行》的小册子，怀疑是知识书店售出的，恰好书店从来没有卖过此书，于是我泰然自若地表示："我们书店卖的书都来自正规渠道，有进货发票为凭证，我们从来不销售这类来路不明的小册子。"问讯人员抓不住什么把柄，只好不了了之。这次传唤虽然有惊无险，但过程还是令人提心吊胆。

最紧张的是经常风闻国民党当局准备查封书店，对此我只有坚守岗位，机警应变。1949年后从国民党留下的档案中查出，警备司令部稽查处在1947年7月15日有一个查封知识书店与逮捕我的报告，但不知出于什么原因，特务头子在上面指示："查禁其书籍可也。"因此没有执行封门与捕人，我得以逃脱一场囹圄之灾。

1948年冬，人民解放军终于形成对天

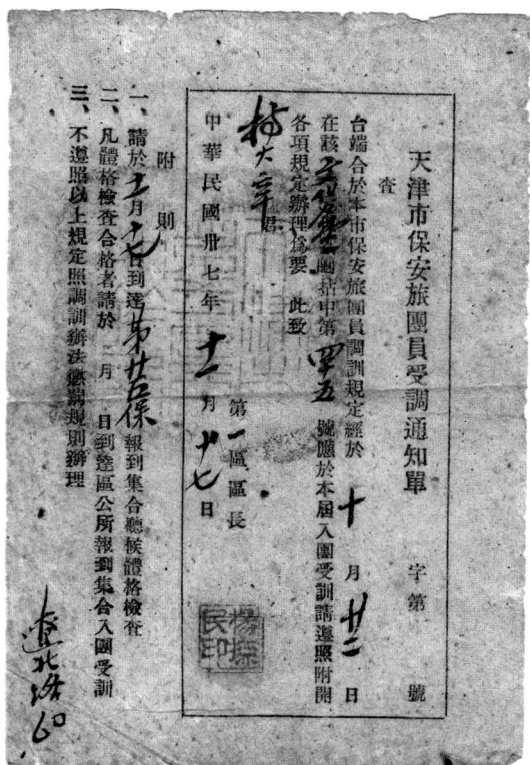

被国民党"抓壮丁"的通知单

津的包围,即将发动攻势,国民党守军负隅顽抗,为扩充兵力组建保安旅。11月22日,我突然被区公所执法人员"抓壮丁",强行押送兵营入伍,编入保安旅二团一营三连。事情来得突然,我急中生智摔破眼镜,以高度近视为由不能操练,结果被连部除名押解营部,再转送旅部,共有病号数人,被关押数日,经军医查验后于12月7日被遣回区公所,一场劫难化险为夷。在我被抓期间,书店照常营业。

知识书店在腥风恶浪中搏斗,直至迎来天津解放。

难忘的 1949

一、天津解放

每当我回顾 1949 年的经历，总是印象深刻。其一，迎来天津解放，这个城市的人民从此当家做主；其二，亲历中华人民共和国开国盛典，见证了祖国的历史开创新纪元；其三，知识书店趁势腾飞，开创天津出版业的新局面。这一年我 24 岁，充满青春活力。

1949 年 1 月 14 日 10 时，已经包围天津城区的人民解放军发起总攻，经过 29 个小时的激战，全歼守城敌军 13 万人，于 15 日 15 时宣告天津全境解放。尔后，天津市人民政府、天津市军事管制委员会（简称"军管会"）相继公示成立。清理战场后，社会秩序很快恢复正常，人民群众欢欣鼓舞，纷纷展开庆祝活动。

李克简被分配到军管会文教部工作（文教部即中共天津市委宣传部，在天津解放初期党组织尚未公开），知识书店继续由他领导。王希贤经组织上安排从事工会工作，不久出国参加世界工会联合会的一次国际会议。我的好友万舒扬（改名何家栋），在 1947 年中外出版社被国民党当局查封后撤退到解放区，天津解放时随部队进城，第二天就跑来找我，分别年余，互叙离情，格外兴奋。他鼓励我继续把书店办下去，并为我编了几本论述政治修养的小册子，有《反对主观主义》《论思想改造》等,由知识书店出版,甚为畅销。(新中国成立后何家栋在北京《工人日报》社、工人出版社工作。)

天津解放后新华书店进城开业,知识书店很显然没有继续存在的必要了,我曾向李克简提出另行分配工作的要求。这期间,知识书店突然收到一批解放区出版物,读者闻讯纷至沓来,先睹为快。事情的经过是:在天津解放前唐山有家益智书店,与知识书店有业务往来,该店经理逢复(又名张峰,后来得知是地下工作者,新中国成立后在天津公安局、安全局工作)来天津进货时曾留宿知识书店,虽是初交,却一见如故。唐山比天津早解放一个多月,在天津解放后逢复主动从唐山托运来几麻袋冀东新华书店出版的书籍,致使知识书店门庭若市。有一天,正巧李克简陪同军管会文教部曹裕民副部长来书店视察,他目睹了读者踊跃购书的火爆场面,留下深刻印象。数天后,李克简通知我:黄松龄部长认为知识书店在天津解放前拥有广泛的群众基础,可作为新华书店的辅助力量,继续保留,扩大经营。

二、书店扩大经营

为落实黄松龄部长的指示精神,军管会文教部拨给罗斯福路(今和平路)256号楼房一幢。1949年4月1日,知识书店迁至新址开业,因地点适中,读者川流不息。经请示,李克简同意在书店楼上设立编辑部,从事出版工作。初期主要出版《新儿童》半月刊及有关革命思想教育的小册子,同时为解决中小学语文教材暂时匮缺还编印了"活页文选"若干种。后来编辑力量逐渐加强,陆续出版了一

知识书店迁往和平路

些政治、哲学、文学,以及少年儿童读物,并承担市委宣传部编发的学习材料的出版发行业务。天津解放后,知识书店率先出版宣传革命的书刊,在当时产生一定的社会影响。

知识书店依靠自身的经济力量扩展业务,后出现了资金周转不灵的困难,经与李克简商议,决定向私人融资。为此动员李辛人与刘元春投资入股,共融资旧人民币 165 万元,约占当时书店资金的三分之一份额。(李辛人在天津解放以前是达文学校校长,因与中共地下组织建立联系,受到国民党特务机关追查,被迫潜往北平隐避,天津解放后返津,经娄凝先安排到知识书店工作;刘元春是李克简在天津解放以前发展的地下党员,某棉纺厂职员。那时,我与李、刘二人都是旧相识。)注入了这笔流动资金后,得以盘活书店业务,渡过难关。实际上所谓入股,不过是借贷关系,因为到了1949年底,书店就将这两笔所谓的"资金"加上利息归还了本人,还有原来秦健生的股金36万元也归还了本人,书店得以在经济上保持"公营"性质。(至于我原来在书店的投资,已经献给党。)

1949年4月,我奉军管会文教部的指示,接洽收购原《益世报》的机器设备事宜。此事的缘由是这样的:在解放战争期间,《益世报》沦为国民党反共宣传的喉舌,天津解放后被军管会勒令停刊,因该报并非官僚资本产业,故未被没收财产,报馆留守负责人因无力遣散员工,引起劳资纠纷,为此请求政府收购机器设备,但此事政府不便出面,于是责成知识书店出头洽购。我奉命与该报馆留守负责人吴克斋、聂国屏接触,经过反复谈判,最后达成协议:《益世报》的全部印刷设备、办公用具连同厂房,以较低价格由知识书店收购;原报馆工人由知识书店负责安置,编辑与管理人员则由报馆负责遣散。4月25日,双方在协议上签字生效。(该收购款项实际上由政府财政拨付。)

益世报馆坐落在罗斯福路259—261号,有二三百平方米的两层楼房与宽敞的临街铺面,另有生产车间。经请示李克简后决定:此处作为知识书店总店,楼下铺面设门市部,原罗斯福路256号改为支店;利用原有的厂房与设备,组建知识印刷厂。整顿就绪后,总店门市部与印刷厂于同年6月同时开业。知识书店在新中国成立前的工作人员不过四五人,新中国成立后,经过半年时间发展到八九十人(包括印刷厂工人),成为集出版、印刷、发行于一体的新兴文化集团。经市委宣传部决定:我任经理,李辛人任副经理。

知识书店总店

知识书店门市部

8月，知识书店的一批青年店员与徒工加入新民主主义青年团，建立团支部，我担任团支部书记。

三、亲历开国大典

1949年8月下旬，军管会文教部有关同志通知我：中共中央宣传部9月下旬在北京召开全国新华书店出版工作会议，部领导决定派我与李秉谦（读者书店经理）作为列席代表前往参加。为此我二人如期去北京，报到地点是中宣部出版委员会招待所（东总布胡同10号）。9月26日开始举行预备会议，然后准备参加中华人民共和国开国大典。

10月1日上午,天气有些阴沉。代表们提前吃过午饭,集合出发,步行至天安门。抵达后,由大会工作人员指引,列队站在天安门前西侧,位置靠近中山公园。此时天已放晴,风和日丽,仰望修葺一新的天安门城楼,正中高悬毛泽东画像,东西两侧横列巨型标语:"中华人民共和国万岁!""中央人民政府万岁!"城楼上,梁柱窗棂金碧辉煌,檐下8盏特大宫灯艳丽夺目,两端8面红旗迎风飘扬,这座古老的城楼被装扮得充满节日的气氛。对面广场人山人海,面面旗帜招展,阵阵歌声嘹亮,好一派气势磅礴的群众欢庆场面!

下午3时庆典开始。毛泽东以其凝重而洪亮的声音庄严宣布:"中华人民共和国中央人民政府成立了!"然后在城楼上亲自按动电钮,新中国第一面五星红旗在广场上冉冉升起,与此同时响起国歌《义勇军进行曲》,接着又传来28响隆隆的礼炮声(后来听说是象征自1921年建党至1949年夺取政权经过28年的历程)。毛泽东宣读《中华人民共和国中央人民政府公告》:"本政府为代表中华人民共和国全体人民的唯一合法政府。凡愿遵守平等、互利及互相尊重领土主权等原则的任何外国政府,本政府均愿与之建立外交关系。"极具震撼力的伟大声浪,响彻北京,传遍神州,震动世界。历经苦难的祖国从此开创了历史的新纪元!

接下来举行阅兵式与群众游行。整个庆典进行了将近三个小时,在我的脑海里留下最深刻、最美好的忆念,终生难忘。

四、与毛主席亲切握手

10月3日,全国新华书店出版工作会议正式开幕。此次会议的目的主要是在取得了全国政权以后，全国范围的出版发行工作必须迅速集中统一，建立健全中枢领导机构和全国的发行网络，实行企业化、专业化，以担负起国家的出版任务，发展人民出版事业。新华书店一向是出版、发行合一体制，在此次会议后，建立

参加新华书店出版工作会议留影

了人民出版社，将出版业务从新华书店剥离出来。

　　朱德总司令出席了开幕式，他在致辞中特别强调了毛泽东不久前在人民政协会议上讲的"随着经济建设的高潮到来，不可避免地将要出现一个文化建设的高潮"。这句话成为此次会议讨论的中心话题。毛泽东特别为此次会议写来"认真做好出版工作"的题词，更激励与会人员认清自己所肩负的重任，无不激情满怀地准备完成新的使命。会议开得顺利而圆满。

　　10 月 18 日会议闭幕前夕，突然传来令人振奋的消息：毛泽东将接见与会代表。下午 5 时许，全体代表乘车驶向中南海。抵达丰泽园后被告知毛泽东外出开会尚未归来，有人引领我们进入颐年堂休息。过了半个多小时，我们被召唤到院中，列队等候，顷刻间门外有汽车声，毛泽东伟岸身躯出现了。大家热烈鼓掌，毛泽东招手致意。陪同前来的中共中央宣传部陆定一部长与政务院出版总署

认真作好出版工作

毛主席

毛主席题词

胡愈之署长逐一介绍代表，毛泽东一一握手，当来到我和李秉谦面前时，陆部长特意说明："天津地下党过去在白区开办的两家书店，他们做了许多工作。"我紧紧握着毛泽东那扭转乾坤的巨掌，心情激动，眼睛湿润了。回到招待所的这一夜，心情亢奋，久久难以入睡，下定决心遵从毛泽东"认真做好出版工作"的教导，矢志不渝地致力于出版事业。

五、加入共产党

金秋十月，在北京接连经历了开国大典、出版盛会与毛主席接见这3件大事，在思想上也经历了3次冲击，醍醐灌顶，震撼心灵，促使我反思个人与党的关系。我自参加革命工作以来，自信听从党的召唤，工作认真，与党员朋友相处融洽，但政治上不求进取，还自诩为"党外布尔什维克"，满足于做革命的"同路人"。经过反省，认识到这是知识分子"自命清高"的表现，也是政治上的愚钝。有所觉悟之后，便萌生加入共产党的强烈愿望。

从北京归来后，我立即向李克简表露心迹，要求入党。他当即表示："在地下时期，考虑过发展你入党，但当时书店的处境风险太大，如果你入了党，一旦出事很可能对你不利，所以这件事就搁置下来。"又说："你主动要求入党，这正是我所期待的，我愿意做你的入党介绍人。"这一番肺腑之言,使我深受感动。随后提交了书面申请与自传材料,后来又对自己的历史经历进行了自我批判,填写了"入党志愿书"。1950 年 1 月 13 日,我被批准为中共候补党员(后改称预备党员),候补期一年。

我要求加入共产党,当时对党的性质与理念尚缺乏深刻理解,主要基于政治激情,决心跟随共产党干革命,献身于人民出版事业,更何况我经历过地下斗争的考验,是有思想基础的。加入共产党提升了我的政治自觉性,是我人生的重大转折点。

告别书店生涯

一、天津出版业大户

经营管理偌大一个书店与印刷厂，就我的能力与经验而言，无疑是一场挑战。主要症结在于从业人员队伍发展迅速，缺乏得力的中层骨干，因此事无巨细都得亲自过问，整天忙忙碌碌。不过也有一点好处，就是领导工作一竿子插到底，处理问题比较及时，与店员、工人的联系比较密切，反而有助于树立我在群众中的"威信"。

维系职工感情的纽带当然是生活待遇问题。经与李克简研究，采取区别对待的办法：发行部门的店员都是招考来的小青年，多在20岁以下，对他们实行半供给制，即住在书店、供给伙食，每年发单、棉制服各一身，每月另发津贴若干，青年们朝气蓬勃，要求进步，非常喜欢这种革命化的集体生活；印刷厂的工人是从原《益世报》留用的，大多拖家带口，经过评定工种与技能情况，实行工资制，基本上生活无忧；编辑部人员属于延聘的高学历的知识分子，待遇略为优裕，既发工资又供伙食。在当时的形势下，这种区别对待的工薪供给制度，效果还不错，职工们的情绪相对稳定，因而有利于书店业务的发展。

自 1949 年以来,全国的解放战争形势发展迅速,捷报频传,新老解放区的人民群众受到革命胜利的激励,关注政局,热衷学习,因此图书市场看好。在天津繁华的罗斯福路(现和平路),咫尺之间就有 3 家具有一定规模的书店,即新华书店、生活·读书·新知三联书店(一度称新中国书局)与知识书店。3 家书店各有千秋,比肩并进。新华是国字号的权威书店,特点是突出政治与政策宣传,是图书业的主力军;生活·读书·新知是名牌书店,以出售沪版图书为主,博雅精深,读者对象主要是知识界;知识书店是地方书店,论资望不比上述两家,但自营出版,也略胜一筹。知识书店当时是天津的出版业大户,出书多,出书快,门市销售兼批发,营业状况不逊于上述两家。

知识书店的出版物大致分为两大门类:一类是政治启蒙教育读物,如《革命人生观》《反对主观主义》《论青年革命修养》《中国革命基本问题》《人民民主国家概论》《新哲学讲话》《辩证唯物论》《中国职工运动史》《技术与政治》《近代世界革命史话》等,均畅销一时。另一类是少年儿童读物,如《二万五千里长征》《十月革命的故事》《这就是美国》《美帝侵华血债》《纸老虎》《小共产党员》《小英雄们》《刘胡兰》《少年鲁迅读本》《高尔基》《普希金》《金日成将军》《白毛女》(连环画),以及若干科学故事与童话寓言等,平均每个月可推出新书三四种,已形成一定的势头,受到家长、老师们的欢迎。此外书店出版两种期刊:《新儿童》半月刊与《文艺学习》月刊。(后来的天津人民出版社,就是在知识书店的基础上成立的。)

二、两家书店合并

1949 年前，天津还有一家中共地下组织领导的书店，即读者书店，坐落于东门外袜子胡同，1947 年 7 月开业，由几个青年集资创办，成员有地下党员。读者书店同样受到国民党特务分子的不断骚扰与监视，同知识书店并肩战斗，坚持到天津解放。解放后，读者书店迁至东北角单街子，也开始从事出版工作，编印介绍革命理论、社会发展史与思想修养的读物，在社会上产生一定影响。我与该店经理李秉谦过往密切，曾一同去北京参加全国新华书店出版工作会议。1950 年 4 月，市委宣传部指令读者书店与知识书店合并，于是我与李秉谦就合并后的资产估算、机构设置、人事安排等问题磋商并取得一致意见后，于 5 月 1 日正式宣告合并。经请示市委宣传部后决定，合并后保留"知识书店"名称。（原读者书店的某些人对此决定有所不满，以致形成一股"派性"暗流。）市委宣传部决定：杨大辛任经理，李秉谦、李辛人任副经理。

两店合并后共有职工一百二十多人。有中共党员 8 人，编为党小组；青年团员四十多人，设团支部；另有工会组织，配备脱产干部。行政管理部门设经理办公室，下辖会计科、总务科，以及负责文书、人事、统计各项工作的专职人员；业务部门设发行部，下辖 3 个门市部与批发邮购科；编辑部组成人员按照图书、期刊、美工、资料、校对等业务分工负责；工厂设厂部负责管理生产，下辖排字车间、印刷车间、装订车间、照相制版小组及纸库。以上机构设置与人员配备均从实际出发，简约合宜，利于工作开展。两店强强联合，职工精神振奋,呈现出欣欣向荣的新气象。

三、调离书店

知识书店适应政治形势的发展,业绩蒸蒸日上,已成为天津的重要出版阵地与主要渠道。此时的我,陶醉于事业的成就感,不免滋生了自满情绪,更由于为了维持书店业务的正常运转,时时事事都不得不考虑经济效益,因此处理问题不够理智。突出的有两件事:一件是,有几位老解放区的作家要求书店为他们出版过去的作品,被我轻率地拒绝了,引起他们的不满,便向市委宣传部"告状",竟然提出"知识书店是不是共产党领导的"这样尖锐的指责。这样一来就转化为政治问题,因此我受到市委宣传部的严厉批评。另一件是,著名妇产科大夫柯应夔送来他的书稿《产科学》,这是一部学术性专著,内容浩繁,而且对装帧、用纸、印刷等事项提出高质量的要求,书店当时的印刷技术难以应承,于是我就以"不符合书店的出版专业方向"为由,将书稿退回,招致作者的不满,便将此事反映到市委统战部,这样一来又涉及党的统战政策问题。此类麻烦事一再发生,说明我仅重视业务而不懂政治,显然对我很不利。结果导致市委宣传部决定把我调离书店岗位,并被告知调往《天津日报》社。

由于我缺乏党性锻炼,因此对调动工作流露出抵触情绪。店内职工对此事反应尤为强烈,有人窃喜,有人惊愕,工人们更是愤愤不平,认为有人背后使坏(确有其事),原来潜在的"派性"矛盾突然表面化了,一时形成思想混乱的局面,我也被妄加"破坏团结"的罪名。更为纠结的是,此时正是我候补党员转正的关键时刻,由于"派性"的反弹,党小组竟做出"候补期再延长一年"的决定,这无异于给了我当头一棒。就由于这个"政治创伤"后来竟长期未能愈合,痛苦地拖了8年之后竟被撤销党籍,酿成半个世纪的苦痛,这是后话,留待下一章叙述。

1951年初,我被迫告别了经历5年的书店生涯。本来怀有的"矢志不渝地效力于出版事业"的夙愿,就这样付诸东流了。

(后来的知识书店,在1952年9月经市委宣传部决定,将书店一分为三:发行部门并入新华书店,印刷部门并入新华印刷厂,编辑部门改组为通俗出版社,1956年3月又改组为人民出版社。)

弃文从政

一、一项紧迫的政治任务

1951 年 1 月下旬,我在办完书店工作交接手续之后,便准备去《天津日报》社报到,听说报社对我的工作安排是编副刊,说明了组织上的知人善任。副刊的主编是作家方纪,我们有过几次接触,我曾满足他的愿望把书店仅存的一套精装本《鲁迅全集》以低价出售给他,他也曾约我给副刊写稿,并对我的文笔表示嘉许,想到即将与我所崇敬的文学家一道工作,心情宽慰许多。但没有料到的是,当我去市委宣传部办理调动手续时,却被告知事情有变:李华生副部长决定调我到市政府,去完成中央宣传部最近下达的一项紧急任务。我思想上对此毫无准备,一时难以接受,当即表示我还是适合去文化部门工作,当然是徒费口舌,无济于事。我只好服从组织决定,持介绍信去市政府文教委员会报到(政府部门的文教工作党内归口市委宣传部负责,李华生兼政府文教委员会副主任)。阴差阳错,从此弃文从政。

我在李华生副部长直接领导下开始工作。他很严肃地向我交代了工作任务:朝鲜战争爆发后,中国军队支援朝鲜与美国作战,中美之间形成敌对状态。中央决定,借此时机肃清帝国主义在我国文化教育领域的残存势力与潜在影响，对接受外国津贴的学校、医院等机构进行管制，直至最后接管。为此，政务院指令各省市成立一个临时机构，办理接受外国津贴的文教机构进行"专门登记"，并要求立即落实。这是一场复杂而紧迫的反帝斗争。李华生表示："调你来就是为完成这项工作任务，你熟悉天津情况，党相信你一定能圆满地完成任务。"又说："完成这项工作任务，顶多两年，然后你还是可以去文化部门工作的。"领导如此叮嘱，我也就无话可说了。

遵照政务院的指示，这个临时机构的名称特别烦琐，全称是"天津市人民政府接受外国津贴及外资经营之文化教育救济机关及宗教团体专门登记处"，有 37 个字之多，简称"专门登记处"。已确定处长李华生、副处长江枫（市公安局一处处长），都是兼职，专职干部仅我一人，名义是秘书。

在市政府工作留影

我不曾有过从政的经验，如今单枪匹马地去完成如此紧要的国家任务，压力实在太大了，顿时心态"如临深渊，如履薄冰"，尤其感到困惑的是我面临完全生疏的工作环境，而且连一个助手也没有。时间很紧迫，我必须立即寻找一处可以对外办公的地点，配备办公家具与用品，还得设计印制登记表格、草拟印刷布告、刻制印信以及制作牌匾等一系列工作。如果在书店,说句话下面干部就可以很快都办妥了,如今我只能三番五次到市政府行政处与秘书处交涉,督促他们抓紧协助解决。好在有政务院指示的"令箭"在手,各项准备工作进行得还算顺利。

与此同时,李华生亲自召集公安局、外事处、教育局、卫生局、文化局、民政局等单位的负责人开会,交代任务,并要求立即抽调干部参与此项工作。各单位不敢怠慢,借调人员均及时向我报到,组成临时的工作班子。首先组织学习政务院文件,明确任务,提高认识,然后排查应登记单位的基本情况,研究工作方法步骤。对我来说,从书店转岗机关,工作上极具挑战性。

经过十几天的紧张工作后,一切筹备就绪,确定在 2 月 10 日专门登记处正式挂牌对外办公,并在当天的《天津日报》一版头条发布消息与题为《肃清帝国主义在天津文化侵略势力》的短评。与此同时,数百张成立专门登记处的布告,也在全市要冲地带张贴出来。李华生对工作的进展情况表示满意,并给予了表扬。

二、肃清帝国主义文化侵略势力

专门登记处这个带有"反帝斗争"色彩机构的突然出现,对那些接受外国津贴的教会、学校、医院等单位,无疑是强劲的政治冲击,各单位负责人惶恐不安,不知所措,亲自前来领取表格办理登记,小心翼翼地按规定期限填好送来。我们随即进行初步审阅,对填报不详不实的当场进行批评,责令补充再报,气氛相当冷峻而严肃。最终统计,前来办理登记的单位共 145 个,其中:学校 36 个,医疗机构 18 个,救济福利机构 7 个,文化出版机构 3 个,社交团体 6 个,宗教团体 75 个。

　　根据李华生的指示,对各登记单位分别由各政府职能部门负责审理,或施加政治压力促其停止活动及至解散,或逐步创造条件由政府予以接管。这些后续工作均由各局借调来的干部将登记表格带回本单位办理,必要时仍可用专门登记处的名义对登记单位进行传问或调查。

　　最麻烦的是宗教团体。基于党和国家"保护宗教信仰自由"的政策,宗教团体既不能促其停止活动,更不能由政府接管,因此对宗教团体的审理工作就暂时留给了专门登记处。当时中央对宗教工作的方针,主要是发动宗教界人士与信教群众开展名为"三自"(自治、自养、自传)的革新运动,彻底摆脱帝国主义在组织上、政治上、经济上对教会的控制,使之成为中国教徒自办的宗教事业。在专门登记处进行登记的宗教团体包括不同国际背景的天主教、基督教、犹太教、东正教、印度教,此外不进行登记的还有许多由中国教徒创办的所谓"自立教会",以及佛教、道教、伊斯兰教等。为此,政务院指令各省市立即组建负责处理宗教事务的行政机构,而且政务院已经率先成立了直属的宗教事务局。

　　当时天津的宗教工作由市委宣传部负责,于是李华生就责成我在专门登记处的工作基础上筹建宗教事务处。又一次阴差阳错,我被动地转向宗教工作,而且从此一干就是 16 年。至于当初对我可以重回文化部门工作的许诺,早已被抛到九霄云外了。

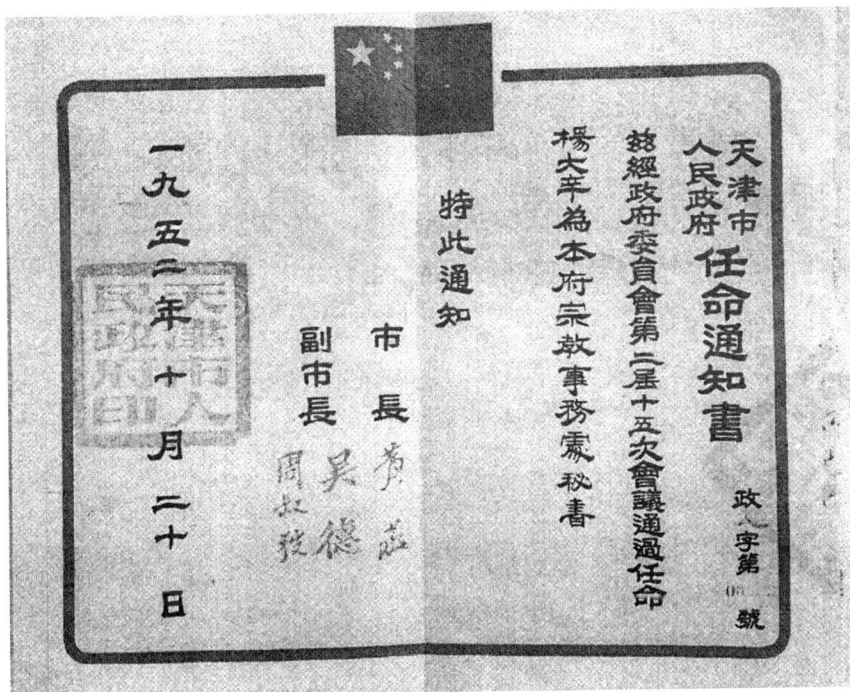

市政府任命书

三、一场反帝斗争风暴

宗教工作是从发动反帝斗争开始的，即打击在传教方面的帝国主义文化侵略势力。在新中国成立初期，天津天主教会仍留居十多名不同国籍的传教士，基于他们固有的政治立场，极端仇视人民政权，尤其在朝鲜战争爆发后更行猖狂，企盼帝国主义卷土重来。根据中央指示精神，在李华生的直接指挥下，相关部门非常果断地集中力量打击进行阴谋破坏活动的外国传教士（当时称之为"帝国主义分子"），对确实掌握其罪证的坚决驱逐出境，一般的则施加政治压力迫使其自动撤离。

这场斗争首先选择天主教天津教区法籍主教文贵宾（又名文若望）为突破点。此人来华传教 50 年，从 1923 年担任天津教区主教，政治影响根深蒂固，在教徒中的"威望"甚高，有"圣人"之称。根据李华生的指示，先由专门登记处对文贵宾进行传唤，迫使他交代反对中国政府、打击爱国教徒、破坏宗教界革新运动等种种罪行，然后再由公安局予以逮捕，审讯定罪，于 1951 年 5 月 28 日驱逐出境。这是一场惊心动魄的反帝斗争，在社会上尤其在宗教界产生极大的震动。

围绕驱逐外国传教士的举动，相应地发动信教群众并争取中国籍宗教职业者，开展轰轰烈烈的反帝爱国运动，使之划清与帝国主义的敌我界限，站稳爱国立场，拥护新政权。天津率先发动的驱逐外国传教士的斗争，以及开展宗教界反帝爱国运动，大张旗鼓地制造舆论，彰显了中国人民的反帝斗志，曾受到党中央宣传部与政务院宗教事务局的重视，并向全国推广经验。

四、组建宗教事务处

1951 年 11 月，我着手组建宗教事务处，依旧是一个人的"独角戏"。经过在专门登记处工作的历练，我对行政机关的办事程序与规则已经了如指掌，或者说已经从"书店老板"的角色转换为"官署小吏"，虽不情愿，却也称职。1952 年 10 月，我接到由市长黄敬与副市长吴德、周叔弢签署的"任命通知书"，内称"兹经政府委员会第二届十五次会议通过任命杨大辛为本府宗教事务处秘书"，同时评定工资为行政 16 级。按任命的规格虽然属于县团级，实际上是科长。

宗教事务处成立后，陆续调入干部，从最初的两三人逐渐增加，最后定编10人。处长一职虚位以待，副处长几经变动，先后换了3位。1953年，宗教工作归口市委统战部领导后，部里派处长辛毓庄兼管宗教事务处，他不大过问实际工作。1957年，第二任Y处长，来自公安局。1963年，第三任C处长，一向以"左"著称。由此可以看出，当年执行宗教政策的倾向性。

我从事宗教工作16年，称得上是"老马识途"了，后来听说我曾被列入提职的后备人选，但在接二连三的政治运动中不断受冲击，我只能在行政16级原地踏步了，即所谓"仕途蹇滞"。

1952年9月27日我与张琦结婚，请市政府姜凝先秘书长为证婚人。张琦在知识书店工作，我们相恋3年。

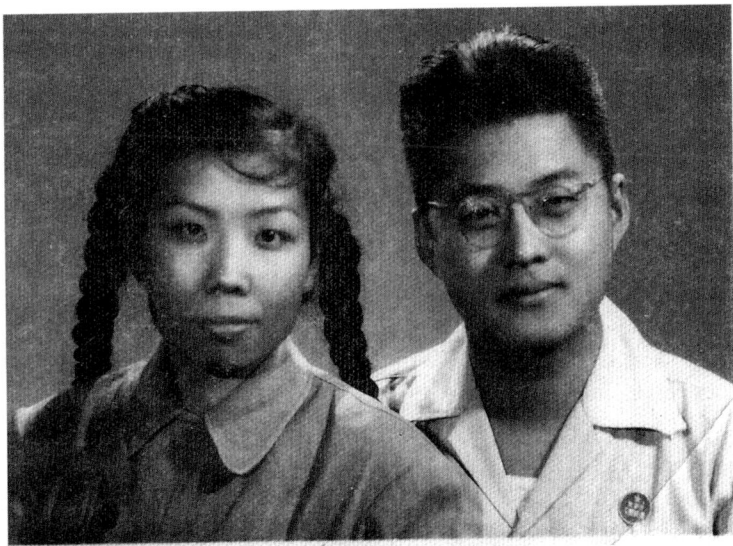

杨大辛、张琦结婚合影(1952年9月)

五、宗教工作的方方面面

外国传教士在中国设立的教会苦心经营多年，从信仰上牢固地控制了中国教徒,特别是恶意宣传共产党是无神论者,造谣共产党消灭宗教,造成信教群众的恐惧心理,对我们争取团结他们的工作形成思想阻力。此后在相当长的时间里,国际反华势力始终以中国共产党迫害宗教为反华宣传的口实,并采取各种手段向中国境内渗透,甚至通过其代理人攻击宗教界爱国人士,挑动宗教派系纠纷,达到反对人民政府的罪恶目的。针对这种情况,宗教事务处除了积极配合公安部门不断打击暗藏的反动分

向宗教界人士作报告

子之外, 更重要的工作任务是深入持久地发动信教群众开展反帝爱国运动,扶植进步力量,巩固宗教界爱国组织,贯彻"自治、自养、自传"与"独立自主,自办教会"方针,搞好中国的宗教事业。

宗教事务处的工作任务比较繁重,主要包括:宣传贯彻宗教政策,切实保障信教群众正常的宗教生活;领导各宗教社团的工作(天主教爱国会、基督教"三自"爱国运动委员会、佛教协会、道教协

会),定期召开各社团代表会议,报告工作,换届选举;不断强化对教堂、寺庙的行政管理与守法教育,打击非法传教活动;及时掌握宗教界上层人士的思想动态,做好对知名人士的政治安排;组织宗教职业者进行经常性的政治学习,关注他们的生活;组织年轻僧尼参加劳动生产,自食其力;拨款维修有历史文物价值的寺庙、教堂;指导编辑两种宗教刊物,即天主教的《广扬》、基督教的《新天地》;推动宗教职业者撰写有关宗教的文史资料与个人回忆录;做好接待外国友好人士的来访与参观活动等。

如何看待宗教问题?有一句经典箴言:"宗教是人民的鸦片。"这是马克思说的,揭示了宗教的本质,一向被视为宗教工作的理论基石。我在工作实践中总觉得这个表述不那么确切。经过研究我认为,宗教的形成是人类社会的一种历史现象,人类祖先出于对天灾人祸与阶级压迫的无奈,臆造了超自然的神灵,以为自己的心灵慰藉与行为规范,或者说是借神灵护佑的自我救赎行为,尽管虚无缥缈,脱离现实,甚至自欺欺人,就这一点来说,确如鸦片一样可以起到思想麻痹的作用。但就精神层面而言,是"向善"的而不是"堕落"的,这又不能与鸦片的作用同日而语。诚然,统治阶级惯于利用宗教愚弄民众,但被压迫的群众也曾利用宗教揭竿而起,都不过是一种政治手段,并非宗教本能。同时宗教也是历史文化的结晶,古今中外遗留下来浩如烟海的宗教建筑、雕塑、绘画、音乐、经典乃至神话传说等,都显示了宗教文化的魅力,是极其珍贵的非物质文化遗产,怎能以"鸦片"一语概而括之?如果简单地认定宗教是麻醉人民的鸦片,势必在实际工作中采取各种手段抵制、削弱甚至消灭宗教,这也正是所以会发生冲击宗教的过激行动的思想根源,有悖于党和政府保护宗教自由的政策。

我从事宗教工作16年之久,对贯彻执行宗教政策是认真的。我从不把信仰矛盾与阶级矛盾等同起来,我对宗教界人士或信教群众总是强调"求同存异"的原则,即"求政治上的同,存信仰上的异",以期团结一致,共建国家。同时我也强调,不能以信仰为借口,进行反动违法活动。我是彻底的无神论者,当然乐见信教者摆脱宗教观念的束缚,但应取决于自我觉醒,而不是通过行政手段。我对贯彻党和政府的宗教政策是经过深思熟虑并付诸实践的。但在"以阶级斗争为纲"的年代,我的观点不免被视为偏右,令我困惑不解。

六、痛苦的政治遭遇

我虽然是被动弃文从政,但在工作上还是尽职尽责、任劳任怨的,没有料到在政治上却遭到噩运。调到市政府以后,办公厅一位负责党务工作的同志无视我在新中国成立前的革命经历,却主观地认定我是"混进共产党内的投机分子",所以在党支部通过我预备党员转正时,他以"历史问题待查"为由搁置不批。1955年肃反审干运动开始,组织上对我的历史问题立案审查,我提出若干历史见证人,多是共产党员,足以澄清我的历史问题,但是后来竟宣布把我的问题"挂"起来,不予结论。于是我向市直机关党委申诉,结果仅仅过了10天,机关党委组织部就做出"属于一般历史问题"的结论,1956年10月15日,我在结论上签字。当党支部再次通过我预备党员转正上报后,党总支依旧搁置不批。不久,反右派斗争开始了,我作为宗教事务处整风领导小组成员之一,在研究对两个青年干部划右派的问题时,我提出反对意见。结果在党总支的直接干预下,支部以犯有"严重右倾情绪"错误为由,取消了我的预备党员资格,时在 1958 年 2 月。我在党内生活了 8 年却未能转正(而且党支部曾先后两次同意转正),我坚持认为这是个错误的决定而长期耿耿于怀。万幸的是,我没有被划为"右派",据说是因为工作需要才对我"网开一面",并继续担任秘书职务。

十年"文革"

一、红卫兵冲击宗教

1966 年夏季,发动一场"文化大革命"的气候逐渐升温,6 月初,《人民日报》发表社论《触及人们灵魂的大革命》,吹响了"文化大革命"的进军号。当时我认不清阶级斗争的新动向,对党内高层有什么纠葛更是一无所知。若从字面上理解,既曰"文化革命",势必要对文化界"动手术",庆幸我早就离开了文化系统(如果我在文化部门,1955年那场反"胡风集团"的斗争我必被卷进去)。至于反对什么"党内走资本主义道路的当权派",我就更不沾边了。不过根据

红卫兵占据西开教堂举办批判宗教展览会

历次政治运动的经验,往往是"城门失火,殃及池鱼",犯了错误的人要挨整,未犯错误的也得跟着反省,所以还不能等闲视之。

大约到了7月份,学校"红卫兵"崛起,呼喊"革命无罪,造反有理"口号,成为"文化大革命"的新生力量。到了8月下旬,红卫兵冲向社会,横扫"四旧"(即旧思想、旧文化、旧风俗、旧习惯),首先揪斗原私营工商业者,同时刮起抄家风暴,全社会为之震动。紧接着冲击宗教,砸教堂、毁佛像、烧《圣经》,揪斗宗教职业者。宗教事务处干部对红卫兵冲击宗教的暴力行动十分焦虑,这岂不认证了国际反华势力诬蔑共产党消灭宗教的谰言?而且多年来苦心铸就的宗教界反帝爱国的大好局面岂不毁于一旦。

红卫兵运动向纵深发展,开始冲击党政机关,揪斗当权派,这一来C处长精神紧张,不知所措。有一次某中学红卫兵要在天主教爱国会召开宗教批判会,通知宗教事务处必须派负责人参加,C处长不敢露面,却派我去与红卫兵周旋,我只好硬着头皮前往。中学红卫兵的政治热情很高,但思维方法简单,见到我的第一句话就是:"你是什么家庭出身?"我回答:"工人阶级。"又问:"是不是共产党员?"我回答:"不是。"再问:"是不是当权派?"我回答:"不是,我是一般干部。"如此三问之后,似乎对立情绪有所缓和。有红卫兵质问我:"你们为什么保护牛鬼蛇神?"我就趁机向他们宣讲:"保护宗教信仰是伟大领袖毛主席亲自制定的政策,我们是根据党中央的指示进行工作的……"红卫兵听了不耐烦,就你一言我一语地批判宗教毒害人民,如何如何反动等,再喊一通革命口号,批判会就草草结束了。过了两天,忽然有红卫兵来宗教事务处找我,是个初中学生，一脸稚气，他对我说："我学习了毛主席著作，毛主席说过对群众迷信问题要'引而不发'，'别人代庖是不对的'，没有让我们去砸教堂啊，我们是不是犯了错误？"又说："爸爸不让我再跟他们这么干了。"我非常怜爱这个思想单纯的少年，他的真挚情感给我留下深刻印象。

"文化大革命"热火朝天地发动了起来，工厂、企业、大学、机关、团体乃至街道居民，纷纷成立形形色色的造反组织，恶性批斗、热衷抄家，社会陷于混乱状态。

二、组织造反队

1967年初的一天，我因为感冒在家中休息，有天主教与基督教爱国会的干部来访，他们向我倾诉不断有红卫兵到单位找麻烦，难以应付，建议由我出头组织造反队，借以保护自己。我先犹豫不决，经不住他们反复"诉苦"，我答应了。病愈上班后，我就进行串联发起组织"革命造反队"，并提出约法三章：一不夺权，二不搞暴力行动，三不掺和社会上的造反活动。说白了，名曰"造反"，实系"自卫"。宗教事务处及下属的教会爱国组织，总共不到三十人，大家心气一致，没有遇到什么阻力。当大家胳膊戴上造反队的红袖标以后，再也不担心红卫兵来找碴儿了。说起来倒也奇怪，在那年月只要臂上戴个红布箍儿就等于是"护身符"，免去许多无谓的麻烦。

语云："木秀于林，风必摧之。"结果招致一场祸事。天津工学院有个造反组织"天工八·二五"，一天夜里突然袭击了宗教事务处，抢走了全部档案,成为轰动全市的严重"打砸抢"事件。市革命委员会把抢宗教事务处档案列为重大的政治事件,对"天工八·二五"施加压力,最终迫使他们不得不将抢走的档案如数送回。宗教事务处造反队与"天工八·二五"从来未发生过任何联系,为什么要抢具有机密性的宗教档案?肯定其中有黑手在幕后操纵的政治阴谋,遗憾的是始终未能查明真相。

党政机关陷于瘫痪,法制秩序遭到破坏,为了稳定政治局面,国家着手筹建革命委员会,并陆续召开了工人、农民、大学红卫兵、中学红卫兵及机关干部代表会议,通称"五代会"。宗教事务处造反队这个微不足道的小组织,竟被吸收参加了"干代会",随后即发起组织市人民委员会各单位造反队的联合委员会,我被推举为负责人之一。

参加"五代会"的群众组织,一般比较循规蹈矩,不搞"打砸抢",因此被讥讽为"保皇派"。与"五代会"相对立的是"无产阶级革命派大联合筹备委员会"(简称"大联筹"),乌合之众,行动粗野,惯于不择手段制造事端,攻击"五代会"。"大联筹"的成员中有机关党委的造反队,他们掌握我的档案材料,于是张贴大字报造谣诬蔑我是"日本特务",混淆视听,借此攻击市人民委员会革命联合组织。我对他们的卑鄙伎俩虽然不免有些紧张,但并不十分在意,因为毕竟党组织对我的历史问题作过正式结论,我相信党。同时"大联筹"并未就此事找我的麻烦,也足以说明他们此举的目的就是不择手段地造谣生事而已。我出面组织造反队本来是迫不得已,被推举为联合委员会负责人也徒有虚名,此时正好辞职。经历了半年多的

"造反"岁月,时时提心吊胆,却从此游离于运动之外,当个"逍遥派",难得一身轻松。

三、莫须有的"现行反革命"

1968年3月,"文化大革命"风云变幻,转向"清理阶级队伍",我意识到大概在劫难逃了。我被列入重点审查对象,但依旧安之若素,还是那句话,我的历史问题党组织早已正式作出结论,我相信党。但是我万万没有想到的是,到了5月份,造反派突然以"现行反革命"的罪名对我进行批斗,随后关进"牛棚"(即关押"牛鬼蛇神"的地方),实行"群众专政",还勒令我交代有何金银财宝,我交出银行存折,数年积蓄不过区区人民币400元而已。

我怎么会成为"现行反革命"?事情的经过是:几个月前的一天,我与同事Y某、S某3个人一起闲聊,Y某说:"红卫兵把《圣经》都烧了,让教徒每天读什么呢?"我接着说:"可以读《毛主席语录》嘛!"这本是一句调侃的话,却被S某牢记在心,当清理阶级队伍开始后,他就卖友求荣,向造反派告发我"把《毛主席语录》比作《圣经》,恶毒攻击光焰无际的毛泽东思想"。造反派就此把我定性为"现行反革命"进行批斗,在一片高昂的"打倒"声中,我只能"低头认罪",心里想的却是"欲加之罪,何患无辞"。事情既然演变到如此地步,等于在政治上判了我"死刑",我也就"死猪不怕开水烫"了,既不辩解,也不乞怜,倒要看看这场政治闹剧将来如何收场。

"牛棚"是一间十多平方米的小平房,囚禁4个人,除我之外,还有宗教事务处的郎维华及计划委员会的两名干部。被囚禁当然感到很大的政治压力,心情紧张与烦恼自不待言。4个人每天就像庙里的老和尚默坐禅修,冥思自省,偶尔彼此宽慰几句,也算是"同命运,共呼吸"吧!我虽然是被以"现行反革命"的罪名揪出来的,其实这不过是个"引子",对我审查重点主要还是去日本的那段历史,另外又多了一个历史疑点,就是我在前文提到的1947年国民党警备司令部稽查处准备逮捕我的那件事。为什么稽查处打报告逮捕杨大辛却没有被特务头子批准?其中必有隐情。我后来听说,在"大胆怀疑"的办案思维支配下,推论出我可能是特务头子直接领导潜伏在书店的变节分子,下面的小特务不知情,所以才要求逮捕我。这种奇特的想象力,实在令人匪夷所思!

"牛棚"的监管人员都是共事多年的同人,有的人或许幸灾乐祸,有的人似乎怜悯同情,不过我等"囚徒"规规矩矩,他们监管也就马马虎虎,彼此相安无事,又何必相煎太急?有一种说法是:把我们关起来,是为了防止自杀的保护性措施,真是天晓得!在关押期间最令人厌恶的是接待"外调",不断有外单位来人找我调查老朋友的历史情况,他们总是想从我嘴里掏出被调查者有何恶劣行迹,我坚守实事求是原则,为老朋友澄清问题,尽管有的外调人员厉色胁迫,我也从不妄言半句去伤害无辜的老朋友,这是我做人的道德底线。有一次外调人员在听取了我介绍的情况以后,突然拍桌子骂我"胡说八道",我被激怒了,当即严正加以驳斥:"你既然说我是胡说八道,又何必找我来调查?那好,不谈了!"问得对方哑口无言,谈话也就此结束,并拒绝写证明材料,他也无可奈何,悻悻而去。我虽然身为"阶下囚",但人格不容诋毁!

我被关押半年多,却始终不审不问,不批不斗,因此初进"牛棚"时的紧张焦躁心情逐渐平静下来。唯一感到痛苦的是思念家人:老父亲瘫痪在床,子女尚幼,妻子必然承受着巨大压力。每当静夜难寐之时,不禁潸然泪下。

四、下放干校劳动改造

在"文化大革命"的冲击下,许多党政机关、人民团体的正常工作秩序被打乱,甚至有些单位就此撤销(如宗教事务处),成千上万的干部成为无所事事的"游民"。1968年10月4日,毛主席为推广黑龙江省成立"柳河干校"下放干部参加劳动的经验,作出批示:"广大干部下放劳动,这对干部是一种重新学习的极好机会,除老弱病残者外都应这样做。在职干部也应分批下放劳动。"为落实这一"最高指示",中央各部委与各省市纷纷设立"干部学校"作为劳动教育营地,将闲散的冗员集中下放参加劳动,改造思想。天津市革命委员会当然不甘落后,在东郊区(现东丽区)赤土公社觅得一处闲置的农场,成立"一〇四干校"(后改称"五七干校")。不在职的干部通通集中下放,因此我们这些被囚禁在"牛棚"的人也不得不被解除关押,日夜轮值监管我们的人也同时解脱了。

11月30日,市级党政机关精简下来的干部一两千人从市区出发,徒步行军前往"一〇四干校",行程七八十里。我们这些"专政"对象不下百余人,单独编队,在队伍的前后左右若干彪形大汉随行,手执棍棒,如同押解俘虏一般监视"牛鬼蛇神"行进,一路上还不时发出警告："不许乱说乱动,否则格杀勿论!"当时真是"别是一般滋味在心头"。我因为被关押半年多,身体比较虚弱,途中越来越感到体力不支,到后来几乎蹭着行走了。此时某押解人员忽发"恻隐之心",把我推上前来接应的大卡车,也算是"优待俘虏"吧。到达干校后天色已晚,吃过晚饭被安置在永和村的农家,每户五六人不等。劳顿一天,筋疲力尽,躺下来美美地睡了获得"自由"后的第一夜。

脱离"牛棚"、恢复"自由"的好心情,很快就破灭了。第二天排长召集开会(干校学员采取军队编制),宣布生活纪律,特别警告曾被隔离审查的人不要忘记自己"被专政"的身份,不许自由行动,更不许进行串联,也不许与当地农民往来,就是上厕所也得经过班长或组长的允许,要继续交代问题,老老实实地接受审查。此后,我们在劳动上总是被分配去干最脏最累的活,以示惩罚,偶有差错当场就组织批斗。干校规定每半月放假两天,学员回市区与家人团聚,"专政"对象则无此权利。

干校初建正值冬季农闲,于是决定在金钟河畔建造一座扬水站,以利来年种植水稻。开工后主要从事挖土方、筑石坡、扎钢筋及铺底板等工程,最后安装设备,都是重体力活,开始时都吃不消,干些天也就适应了。经过五个多月的苦干,在1969年4月下旬竣工,开闸试车,引水成功,目睹款款流水顺渠而淌,我不由得产生劳动者的喜悦心情。

同年4月27日,排里召开落实政策大会,宣布对我与其他数人的政治审查暂时按"人民内部矛盾"对待,也就是说解除"专政",

暂时"回到人民队伍"。此举缘于毛主席他老人家又有新的批示："对反革命分子和犯错误的人，必须注意政策，打击面要小，教育面要宽，要重证据，重调查研究，严禁逼、供、信。对犯错误的好人要多做教育工作，在他们有了觉悟的时候，及时解放他们。"这一"最高指示"改变了我等"准劳改犯"的命运，得以摆脱"打翻在地，再踏上一只脚"的屈辱境遇，虽然心存感恩之情，但依旧积怨难消。我痛感政治斗争的翻云覆雨、罔顾事实的颠倒黑白。我不过是革命阵营的小卒，无论功与罪或存与殁，都无关大局，但想到许许多多曾在枪林弹雨中出生入死英勇战斗的革命前辈，特别是开国元勋，竟也遭受迫害，被妄加罪名打翻在地，甚至身陷囹圄。将功勋卓著的老革命家们都打倒，究竟要干什么？我实在想不明白。

五、对劳动惩罚"坦然自若"

扬水站工程完成后，接下来脱坯盖房，然后耙地插秧，在农村都属于最累的活，我这个文弱书生不也都挺过来了吗！参加劳动固然有个体力承受问题，但也是思想观念问题。共产党一向宣扬"劳动光荣"，但又把"劳动改造"作为惩罚犯错误干部的手段，劳动就成为不光彩的事了。我出身贫寒，对劳动从来不存抵触情绪，对劳动惩罚我的态度是"坦然自若"，不以为苦。此时我参加革命工作也已经二十多年了，一向勤勤恳恳，尽职尽责，不曾犯过任何错误，但却一次又一次地陷入政治斗争，被整得遍体鳞伤，如今又被诬陷为"反革命"，实在伤心透了，真不想再当这个受气挨整的干部。靠劳动吃饭，有何不可？

就在此时,即 1969 年 7 月中旬,传来了市革命委员会决定"动员万名干部转为工人充实生产第一线"的消息(简称"干转工"),立即在干部中间引发热议,也正中下怀。由于"文化大革命"的一通折腾,干部普遍受到了不同程度的伤害,特别是派性斗争更造成干部群体的离心离德,现在正好借此机会弃旧图新,更何况政策规定仍保留干部身份、工资不变、公费医疗与住房补贴不变,粮食定量按同工种调整,等等,有这等好事,何乐而不为?干校学员们的反应尤为强烈,因为借此机会可以结束"流放"生活,于是出现争先恐后报名的景象。我当然也有所期盼,无奈市革命委员会明确规定"凡属定性为敌我矛盾或审查尚未结论",均不在"干转工"范围之内。市革委会规定全市"干转工"的目标为一万人,我所在的连队下达的名额 48 人,几乎消减了半个连队。我的妻子在出版社工作,这次也被转到食品店去当售货员。其实所谓"充实生产第一线",不过是变相黜退一部分干部的借口,企业接收这些心存怨气、不懂技术而又待遇优厚的"新工人",大概谈不上什么"充实生产第一线",只能增加额外负担。

干校再一次减员是 1970 年 6 月贯彻执行市革命委员会关于"疏散城市人口,动员干部插队落户"的决定。全市计划疏散 20 万人到农村去,下达给干校的名额为 200 人。插队落户实行"四带":带户口、带家属、带口粮、带工资。由于必须全家迁农村落户,所以动员工作遇到的阻力比较大,不像"干转工"那么顺利。从被重点动员插队的对象情况分析,大多是本人在历史上有这样那样的问题,迫于政治压力而不得不服从。

干校先后经过"干转工"与"插队落户"的两次减员,已变得七零八落,除了一连是原总工会干部尚比较完整外,其余各连队留下来的多是等待政治审查结论的干部,还有负责审查工作的专案人员。1971年夏秋之交,干校领导层忽发奇想,要把干校办成工厂,说法是为了"以厂养校"。经过联系纺织机械厂,决定为该厂生产低压浇铸纺织机部件,由该厂提供生产设备,并派来一位技术人员。工厂由三部分人组成:一是一连原市总工会干部,他们懂技术,是工厂的骨干力量;二是从各连队抽调的学员,都是等待作结论的审查对象,其中就有我;三是从市内分配来的一批初中毕业生。我已年近半百,又来当老徒工,笨手笨脚地只能干点杂活,不久就把我调到炊事班做饭去了。

六、父亲魂归故里

1971年春节期间,患病卧床的老父亲要求回老家。父亲自1965年瘫痪已经6年,主要由妻子与孩子精心护理,我没有尽到孝道,如今老人想叶落归根,我立即安排,租了一辆汽车于2月2日(正月初七)送父亲回到故乡武清县杨庄子老宅堂兄家。父亲在二十多岁时来天津谋生并落户天津,仅在1931年11月间天津闹"便衣队"暴乱时带全家返乡避难,住了几天,此后又是40年再也没有回去。垂暮之年回归故里,父亲的心情特别激动。

我将父亲安排妥当返津后不久,老家的堂兄突然打电话到干校,告知父亲已于15日(正月二十)午后2时安然病逝(享年84岁),我和妻子立即返乡治丧。几年前我已托付堂兄为父亲备妥棺木,于是在 16 日下午入殓,17 日清晨安葬,并掘出母亲的遗骸与父亲合葬。在堂兄与族人的操持下,丧事办得比较圆满,时值"文革"时期,摒弃了一切封建迷信习俗。魂归故里,父亲当含笑九泉矣!每当思及我幼年丧母,父亲与我相依为命,含辛茹苦,把我抚养成人,虽然晚年儿孙绕膝享受到天伦之乐,但在"文革"期间瘫痪在床,我被"专政",又下放干校"劳改",未能尽到孝道,痛感内疚而自责。

七、政治审查归位为"零"

分配到炊事班的学员,有一个共同点:全是受审查对象,而且又多是原局处级干部,甚至有原副市长白桦与后来担任全国政协副主席的万国权。大家同患难,共甘苦,互相体贴,再说干校办到这种地步,已经没有什么可批可斗的了,所以大家能够轻松地和谐相处。

伙食质量还说得过去。一日三餐精米白面、新鲜蔬菜,隔些日子便杀一口自己养的猪,班长偶尔去河边张网捕鱼改善生活,彻底告别了"窝稀咸"时代(干校初期为体验吃苦精神,有意识地吃窝头、稀饭与咸菜,简称"窝稀咸")。我在伙房负责面案,全连七八十人,每天要消耗一袋多面粉,和面是伙房里最累的活,我却干得很欢,蒸出来的大馒头又白又暄腾,我已经被改造成称职的厨房大师傅了。

在炊事班,一天做三顿饭,生活节奏单一,闲来无事也无聊,后半辈子又不知如何度过,总还是怀着一颗上进之心,愿做一个有用的人。写了一篇闲文,自我安慰吧!

自剖篇

　　年届半百,惜别青春;人生多难,茹苦含辛。从来不识时务,不羡青蚨;为人孤芳自赏,愤世嫉俗。乃一介书生,何必追逐仕途。患得患失多烦恼,斗来斗去皆成仇。天生我材,岂无所用?浑浑终日,何时方休?感叹老之将至,不亦悲乎!

　　逝者徒惆怅,来日犹可追;风雨终有放晴日,不信春风唤不回。贵在自觉,弃旧图新,老马识途,鞠躬尽瘁。何悲之有?!

　　1972 年 11 月 11 日,干校专案组对我宣布历史审查结论,主要三个问题:一是历史问题在 1956 年审干时已经做过结论,为"一般历史问题",此次审查未发现新的问题,仍维持原结论;二是在知识书店工作期间,确实受到国民党特务的监视、迫害以及没收书刊,但并未被捕;三是"文化大革命"期间的错误言论,系"说话政治上不够严肃,不构成攻击性言论"。我当时表示:"文化大革命"的问题纯属派性产物,没有必要写进结论。专案组的同志回答:"在审查时是排除了派性因素的,这样写就是对'文化大革命'提法的否定,写进去是必要的。"我觉得他的话也有些道理,于是就在结论上签了字。这一桩"准敌我矛盾"公案审查了四年半,最终归位为"零"。一场无谓的政治斗争,吞噬了我的青春年华。

　　1979 年 3 月 31 日,市政协党组织对上述结论重新复查,对其中所谓在"文化大革命"中的"错误言论"问题,认定为"在'文化大

干校结业后全家团聚留影(妻张琦、女儿杨方露、儿子杨凝)

革命'中杨曾作为反革命进行了专政,属于诬陷不实之词,应予否定"。终于实事求是地厘清了这桩冤案。后来那位卖友求荣的同事向我表示歉意,我说:"我可以原谅你,但你能原谅自己吗?"他无言以对。此后我们虽然仍有所往来,但无论如何也找不回昔日"友情"的感觉了,后来听说他晚年心情落寞,抑郁而终。我想起钟惦棐,我国著名的影剧评论家,我们曾有一面之缘,1957年不幸罹难,蒙冤二十余载,平反后他说了这么一段发人深思的话:"我被整得痛苦,整我的人也不轻松;我的痛苦随着落实政策而结束,但整我的人的痛苦却将折磨他们终生。"

八、重新分配工作

1973年2月26日,结束了干校生活,回到市内等待重新分配工作。我在干校劳动改造了四年零三个月,正当不惑之年,过度的劳动与劳心,使我的头发已经变得花白了。

从干校返回市区以后,干校留守处组织待分配学员学习班。学习班开始先由干校领导 Z 某讲话,他赞扬了干校创建以来的一番功绩之后,转到工作分配问题。他公然说:"你们这些人都是'某某反党集团'的爪牙、既得利益者,老实告诉你们,市级机关是不欢迎你们回去的。根据市革命委员会的指示精神,此次分配主要去基层,即工厂、商店、街道。要知道,你们的工资级别高,基层也不愿意接纳,因为不好安排职务。你们要认清形势,服从分配。"

Z 某是靠造反起家的,也就是反"某某反党集团"的"既得利益者",所以从他嘴里说出来这一番昏话,也就不足为怪了。真是没有想到,我等经受干校四年多的苦苦"修炼",不但未成"正果",反而沦为"大庙不收,小庙不留"的"孤魂野鬼"。悲夫!

几天后,干校留守处负责分配工作的同志通知我的去处:东郊区(现东丽区)军粮城某机械设备厂。我大为恼火,这不是再一次"充军发配"吗?当即斩钉截铁地表示:"离家太远,坚决不去!"因此话不投机,吵得面红耳赤。已经被折磨到这种地步,我也就无所顾忌了。

后来,市工业展览馆副主任许明到干校留守处物色干部,了解到有关我的情况表示同意调入,留守处在征求我的意见后便定了下来。此时已是 5 月下旬,我已经在家赋闲 3 个月了。

5 月 26 日,我到工业展览馆报到,此后就在许明的领导下工作了。许明在"文革"前担任市总工会主席,爱人是市委书记王亢之,她受株连下放到干校劳动,后来被贬职安排到工业展览馆任副主任。许明是抗战初期在冀中参加革命的老同志,政治修养深沉,待人谦和,我非常敬重她,她对我也另眼看待,我们相处得非常融洽。后来落实政策,她恢复了总工会主席职务,又被提升为市人大常委会副主任,我们一直保持联系。

工业展览馆的主要业务是为工业系统搞展览提供场地、设备,兼做一些服务性工作,没有自己的独立业务,甚至经常无事可做。我就在这种平淡无奇的工作环境中消磨岁月,衣食无忧而精神空虚。每当想到国家的现状与前途,不免忧心忡忡,"四人帮"篡党夺权,祸国殃民,把国家拖向危难境地,国民经济濒临崩溃边缘。古训:"天下兴亡,匹夫有责",但我已是谪贬之人,苟且偷安,无所作为,曾痛心地剖析自己是:20 岁的才子,30 岁的庸人,40 岁的懦夫!

刻骨铭心的 1976 年:三位曾经创造了中国革命历史奇迹的伟人——周恩来、朱德、毛泽东相继辞世;一场突如其来的唐山大地震吞噬了 24.2 万余生命……天怒人怨,物极必反。10 月 6 日,党中央一举粉碎了"四人帮"反党集团,将这一伙无法无天、作恶多端的阴谋家,牢牢地钉在了历史的耻辱柱上,持续 10 年的"文化大革命"就此宣告结束。党和国家有救了,扭转乾坤,复兴在望!

回归笔耕

一、人生征途的新起点

"文化大革命"结束了,党中央拨乱反正,着手复查并纠正"四人帮"制造的种种冤案,为被陷害的干部平反昭雪;进而又复查历次政治运动发生的冤假错案,特别是改正全国五十多万被错划为"右派分子"的举措,大得民心。在"文化大革命"中被削弱或取消的党政机关、人民团体,重新健全工作机制,恢复正常的工作秩序;曾经转为工人、落户农村的大批干部均被原单位召回,或另行安排工作,落实干部政策。在工业展览馆,许明很快就回到市总工会,接下来就是我的工作去向了。

当时工业展览馆属市科学技术局领导,1977 年,该局改组为科学技术委员会,创刊了一种普及科普知识的小报,有意调我去担任编辑。工业展览馆负责人则准备提升我的职务,留在展览馆。1978 年初,一位老朋友来访,告知市政协(中国人民政治协商会议天津市委员会)已经恢复工作,正在充实干部力量,临时主持政协文史工作的周茹认为我适合担任编辑,并已征得市委统战部的同意,特来向我通风报信。"文革"前我本来就是统战系统的干部,当然愿意归队,为此我特意造访周茹。10 年中我们不曾谋面,此次相见恍如隔世之感,晤谈后工作调动之事就此说定。周茹是抗战初期参加革命的老同志,为人敦厚,"文革"前担任市委统战部部长。我们都在"文化大革命"中受到迫害,"同是天涯沦落人",彼此息息相通。

6月8日,我到市政协报到,分配在文史办公室,负责文史资料的编辑工作。回想当年初出茅庐即从事报刊编辑赖以糊口,继而经营书店立足于社会,后来弃文从政,宦海沉浮,事隔三十多年重操旧业,再度笔耕,不胜感慨。此时我已经53岁,当年的锐气已经被岁月打磨殆尽,尚能一搏否?幸逢国家进入一个新的历史时期,对我说来不啻劫后余生、枯木逢春,从而激发了挑战命运的亢奋心情。人生的旋律或可从此改弦易调,谱写新的生活乐章。

1978年是我人生征途的新起点,曾为此赋诗一首:

春风秋雨五十年,愧无建树两鬓斑;
岁月峥嵘人长寿,犹有雄心续新篇。

二、主持政协文史工作

全国政协系统开展文史资料工作始于1959年,是周恩来总理亲自倡导的,主要征集"三亲(亲历、亲见、亲闻)史料,全国政协为此编辑出版了《文史资料选辑》。天津市政协随后也开展了文史资料工作,不过当时只搞征集,供稿给全国政协,自己不出版。1977年,天津市政协恢复工作以后,成立了文史办公室,准备整理库存文稿出版选辑,调我来就是为了开展此项工作。

我到任之初，有关同志在讨论出版选辑的方针时出现了不同观点，即如何看待政协文史资料的价值？起因是全国政协出版的《文史资料选辑》在"文化大革命"期间曾被批判为"替国民党反动派、牛鬼蛇神树碑立传"的"大毒草"，如今恢复出版，有的同志心有余悸，主张：对库存的稿件必须以批判的观点进行加工，不可原封不动，以免犯政治错误；反之对立的观点是：政协文史资料的特点就是亲身经历，不拘观点，秉笔直书。我初来乍到，不便发表意见，内心则倾向于后者观点，不赞成"上纲上线"。周茹主持会议，未置可否，在会后却私下对我表示：要存真求实。我很理解周茹的处境，因为当时他尚未落实政策，当然要谨言慎行。不久，传来全国政协文史办公室董一博主任的意见：政协文史"率由旧章"。这场争论才得以澄清，我的编辑工作也就有了准绳。

我开始审读库存文稿，得知"文革"前天津征集了近一千万字的史料，在"文革"中没有被"红卫兵"发现，居然完整地保存了下来，这是多么宝贵的一笔财富！我粗略地浏览了一遍，发现其中不乏具有史料价值的上乘之作，我非常铭感前人的辛勤开拓，使我的编辑工作得以建立在坚实的基础上。

编文史刊物不同于一般的编辑工作，我深感责任重大。我为自己规定的工作原则是，必须把好"三关"，即政治关、史实关与文字关。其中最困难的是如何做到史实准确无误，因为个人的回忆史料往往会有失实之处。由于我根本不具备历史研究的真才实学，如今处理文史稿件实在难度太大了。为适应工作需要，我不得不恶补苦读中国近现代史。我为自己定下的学习规则是：审稿时涉及哪段历史,就必须查阅有关的历史资料,弄清这段历史的背景与细节,急用先学,现趸现卖,务求史实有据。如此持之以恒,我对近、现代的发展脉络逐渐比较清晰了,增强了工作信心。想到"文化大革命"消耗了人生最好年华,如今老之将至又重操旧业,意味着我的青春回归,我要像鲁迅先生当年所说的那样:"我的生命,割碎在给别人改稿子,看稿子,编书,校字……"(见《两地书》),甘愿"为他人作嫁衣裳"。

1978 年 12 月,第一辑《天津文史资料选辑》由天津人民出版社出版,立即引起史学界的瞩目与读者的良好反映。因为是"内部发行",流通渠道受到限制,但是 5000 册书还是经新华书店很快销售出去。进入 1979 年,我一鼓作气连续出版了 4 辑,显示了文史办公室的编辑实力,也给读者留以深刻印象。当然工作非常紧张,心情却十分愉悦。尔后在我主持编辑工作的十多年间,始终坚持每年出版 4 辑,形同定期季刊,在全国各省(直辖市、自治区)政协仅此一家。

从此时起,我就认定从事文史资料研究工作为后半生安身立命之所在,不懈不惰,尽心尽力。

三、"广征博采"与"精选精编"

每年出版 4 辑《选辑》,需要发稿八十万字左右,不仅选用库存旧稿,更多的是新征集来的。文史办公室聘请了十数位退休老者,帮助征集稿件,其中有退休的报社记者、机关干部、中学校长、私营银行经理、私营工商业者以及旧军政人员。他们的共同特点是:人生阅历丰富,社会联系面广,热衷于文史工作,而且不计较报酬。依靠他们的积极参与,每年征集到的"三亲"史料都在100万字以上,因此编辑工作游刃有余,无后顾之忧。

文史办公室同人经过研究,考虑到天津的历史实际,确定了征集与编辑工作的重点是:北洋军阀、帝国主义侵略与资本主义工商业和金融业三方面的史料。因此早期的《选辑》集中刊出租界史料、日本侵华史料、北洋军阀派系与人物史料、工商业与企业家史料、银行钱庄史料、洋行买办史料、宗教史料等,重点突出,内容翔实,形成《天津文史资料选辑》的特色。后来又开拓思路,重点征集城市建设史料、文化教育史料、社会生活史料。经过工作实践,我提出征集工作要"广征博采",编辑工作要"精选精编",不断提高《选辑》的质量。

下面我讲一讲征集有关天津地方特色史料的几个典型事例:

首先是关于天津租界的史料。在我国北方,天津是向近代化发展比较早的城市,这与帝国主义侵略有关。1856年第二次鸦片战争

即英法联军战争，占领了天
津；1860年又被迫开埠，开
埠的重要标志是设立外国
租界。从英法联军到八国联
军，先后在天津设立了九国
租界。在全国有租界的城
市如上海、汉口、广州等地也
不过有两三个租界，独独天
津有九国租界。九国租界的
面积占两万六千多亩，而当
时天津老城厢还不到三千
亩，租界的面积是老城厢的
8倍。而且还有一个特点，

基督教合众会堂建于1897年，地点在英
租界的戈登道(今湖北路)

法租界的法国花园(今中心公园)建于1922年。园中竖立"和平女神"铜像

各国租界是沿着海河开辟的,海河西岸是日、法、英、美、德五国租界,海河东岸是奥、意、俄、比四国租界。更重要的是,海河直通渤海湾,历来入侵者都是沿着海河再经过北运河即可直达北京,是战略要地,却掌握在侵略者手中。当时,外国租界与老城区形成两个不同的历史空间。老城区在经济上是落后的,行政管理是封建的;而租界呢,建筑是近代的,管理体制是近代的,电气通信等公共设施是先进的。两者形成鲜明对比。天津要走向近代化,不用到国外考察,租界就是样板,所以天津向近代化的转变就比较快。研究租界历史,当然有不平等条约之类的档案材料,那是比较枯燥的,政协文史资料存有许多在租界工作过生活过的人的亲历、亲闻史料,涉及方方面面,内容相当丰富。经过整理,我们就在《天津文史资料选辑》上一个租界一个租界地分别刊登出来,可以说,开了研究天津租界史的先河。后来汇总出版了一本《天津租界》,几年后又编了一本《天津租界谈往》,基本上都是口述史料。这两本书就成为研究天津租界历史的必备参考书。

德租界码头

我顺便再谈谈关于编写全国租界史的事。1989年，全国政协在北戴河召开全国文史资料委员会主任会议，这次会我没有参加，是方兆麟陪主任去的。方兆麟在会议期间与几个城市有租界的主任商量可

意租界马可波罗广场（今民族路街口），其前侧建筑为回力球场

否搞一次协作，编一本全国租界史，大家都同意。方兆麟开会回来后向我汇报此事，我表示同意，就由天津发起召开了协作会，有8个城市参加。我拟出征集大纲与内容要求，经大家讨论同意，并公推由天津牵头，稿件都集中到天津进行审稿。全国政协也派来陈海滨同志参与工作。在各地稿件逐渐集中上来以后，我发现有许多问题，有的还很不准确。比方说，烟台有个公共租界，一查，没有任何根据，原来是外国人聚居区，他们就自称公共租界。再如，庐山有个英租界，一查，不过是英国人租地盖房，也自称是租界。还有芜湖、苏州，有洋行租地建造码头，也自称租界，清政府糊里糊涂都默认了。为此我提出定为租界要有3个条件：一是要有不平等条约的规定，二是要有租界面积的四至范围，三是要有租界的行政机构。后来经过讨论，大家一致同意了。除了租界以外还有租借地，如胶州

湾、威海卫、广州湾、旅顺等,都是被外国军队占领而租借的,有租借期限,过去有些人也都视其为租界,还有"约开商埠",也不能算租界。在东北"南满"铁路的两旁,日本人曾占据了许多地方,应属于"铁路附属地",也不算租界。后来在广州、青岛召开过两次审稿会,把标准都搞明确了。最终确定全国共有 8 个城市、30 个租界,都是有根有据的。书名题为《列强在中国的租界》,49 万字,交给陈海滨同志,由中国文史出版社出版,印了 11000 册。这本书不仅是租界的史料书,还具有学术研究价值。我本人见识不广,还没有见到过像这样一本全面论述中国租界史的著作。

日本驻屯军司令部及兵营,地点在日租界的海光寺

我编过几本关于租界史料的书,就被视为研究租界的"专家",在 2004 年纪念天津设卫筑城 600 年的时候,南开大学来新夏教授受出版社委托主编一套"天津建卫 600 年丛书",约我撰写其中一

册关于天津租界的书,这时我已年近八十岁,对老朋友盛情难却,就写了一本《天津的九国租界》。出版后据说反映还不错,后来又进行了再版。

汇丰银行在天津发行的钞票

花旗银行在天津发行的钞票

在天津设立租界以后,外国资本也就进入了,设立了银行、洋行,在租界里大大小小的洋行多达几百家。外国银行、洋行需要雇用中国商人为其效力,充作代理人,就产生了买办阶级。初期的买办大多来自南方,有所谓宁波帮、广东帮,后来天津的商人也进入洋行,又形成天津帮。有的买办受到外国资本家的信任,就出现了父子买办,甚至三代买办。《天津

麦加利银行在天津发行的钞票

文史资料选辑》刊载过许多关于洋行与买办的史料,有买办本人的自述,也有其后人写的,内容都比较真切。后来我们把这些史料汇编成《天津的洋行与买办》,它是研究天津洋行与买办的重要参考书,很有史料价值。

有关革命史的资料,由市委党史征集委员会去征集,若是我们发现线索当然也不放过。如我们接触了当年五四运动中与周恩来一起进行革命活动的谌小岑,征集到他撰写的《回忆天津五四运动

及觉悟社》《觉悟社及其成员》两篇文献,共五万字左右,是很重要的第一手资料。《天津文史资料选辑》还刊登过《回忆毛泽民同志在天津》的重要史料,是他的夫人钱希均提供的。关于吉鸿昌的史料征集到的就更多了,有他的战友及其女儿吉瑞芝撰写的,甚至还有国民党警察局长李汉元提供的吉鸿昌被捕经过。

练兵处官员。前排左起:曹锟、铁良、袁世凯、冯国璋、王士珍;后排右二为段祺瑞

徐世昌晚年居住的"退耕堂"所在地——英租界咪哆吐道(今泰安道)

《天津文史资料选辑》还刊载过许多北洋军阀史料。北洋的军政要人曾掌管国家政权长达 17 年之久,而天津又是北洋军政人员进行政治活动的根据地。过去曾流行一种说法:"北京是前台,天津是后台。"意思是北洋军政要人在天津进行阴谋策划,再到北京夺权执政;而在失败下台之后,就到天津租界当"寓公",或伺机东山再起。所以天津居住过许多北洋政府的军政要人,以及他们的子孙后代。来新夏教授是研究北洋军阀史的专家,他看到《天津文史资料选辑》上经常刊登北洋军阀的材料,就约我主编一部关于北洋政府总统与总理的传记史料,并派了他的两个学生协助我。这部书包括北洋政府的 5 位总统,即袁世凯、黎元洪、冯国璋、徐世昌、曹锟,加上执政段祺瑞、军政府大元帅张作霖共 7 人;历届内阁总理共 29 人。我们分别向全国各地的知名学者约稿,政协文史办的同志也参加撰写。所有的总统与总理均附有照片,此外还附录历届总统、总理更迭纪要、历届内阁阁员简表等资料,是研究北洋政府执政者传记的重要参考书。《北洋政府总统与总理》由南开大学出版社印行,初版 5000 册,很快销售一空。

尤其征集到皖系军阀徐树铮的史料,是他远在美国的女儿徐樱寄来的。徐树铮曾担任北洋政府西北筹边使,1911 年外蒙古在沙皇俄国的阴谋策动下宣布独立,脱离中国。这是严重的政权纷争。西北筹边使徐树铮曾 3 次去外蒙古库伦(乌兰巴托)进行交涉,软硬兼施,终于迫使其不得不在 1919 年宣告撤销独立,重新回归中国。徐树铮是个有争议的皖系人物,1925 年被冯玉祥派人暗杀。徐樱撰写的《先父徐树铮将军事略》一文,约四万字,还附有数张照片，能在国内刊登出来，徐樱曾来信表达谢意。（附带说一下，在1945年10月，外蒙古在苏联的支持下，以所谓的"公投"方式再次宣告独立，成立蒙古国。）

《天津文史资料选辑》曾刊登过关于清朝逊帝溥仪的重要资料。在1912年清朝政权被推翻后，袁世凯曾为溥仪退位订立了清室优待条件，其中规定溥仪仍可居住在紫禁城即故宫内，每年由政府拨付400万两生活费，而且还可以保留皇帝尊号，因此溥仪的旧臣遗老们始终图谋复辟。1924年10月西北军将领冯玉祥发动政变，推翻执政的直系政府，随后又宣布取消清室优待条件，派其部下鹿钟麟将军驱逐溥仪离开故宫。全面抗战胜利后，鹿钟麟定居天津，后来市政协文史办公室征集到他撰写的《驱逐溥仪出宫始末》，三万多字，对驱逐溥仪出故宫的过程写得非常详细，在《选辑》上发表后受到史学界好评。溥仪后来在天津日租界居留六年多，其间发生了皇妃文绣离婚事件，成为轰动全国的新闻。后来市政协文史办公室征集到这一事件的史料，特别是联系到文绣的侄女傅嫱，请她写来《末代皇妃文绣的一生》，四万多字，不仅详细记述了文绣的家族、入选皇妃经过以及与溥仪离婚的过程，而且还介绍了离婚后文绣的生活状况：文绣

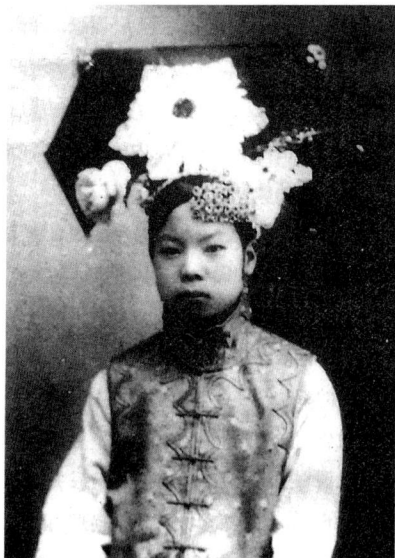

文绣

当过小学教员、报社校对,全面抗战胜利后嫁给国民党少校军官,此人在北京解放后被公安局"管制",当了扫马路的清洁工;文绣则在 1953 年 9 月因心肌梗死而逝世,仅活到 44 岁。这是多么难得的史料!

天津市政协曾聘请一位资深的国民党员谢天培先生为文史专员,与我结成忘年交,他为我们征集到许多有价值的文史资料文稿。谢天培曾担任国民党政府广东省主席李汉魂的秘书。李是国民党的高级将领,参加过台儿庄战役,担任过第三战区副司令、总统府上将参谋长,后来定居美国。20 世纪 70 年代,谢天培与他取得联系,征集到他撰写的关于 1926 年北伐战争及抗日战争的亲身经历,共 5 篇、10 多万字,在《天津文史资料选辑》上陆续发表以后,读者反响强烈。市委统战部领导授意谢天培试探邀请李汉魂回国访

谢天培、罗慕班夫妇

问，终于在 1982 年 5 月李汉魂偕夫人吴菊芳及子女来到北京，可以说是继争取国民党原总统李宗仁回国后统战工作的另一重大成果，邓小平、叶剑英、邓颖超等中央领导人先后接见了李汉魂夫妇，谢天培夫妇陪同。由此可见，文史资料在政治上发挥了多么重要的作用。

下面我再谈谈要找准征集对象的事。

《李叔同——弘一法师》

首先谈谈弘一法师。弘一法师是天津人，俗名李叔同，他曾经是最早从国外引进西方话剧、音乐、绘画的文化名人。他在 39 岁时出家当了和尚，后来成为全国乃至亚洲著名的佛教高僧。但也有些人认为他是知识分子人生观的没落，是负面人物，尤其是在以阶级斗争为纲的年代，在天津不敢宣传弘一法师。在 20 世纪 50 年代，天津佛教大悲院曾设立弘一法师纪念堂，"文化大革命"中被"红卫兵"捣毁，许多珍贵文物也都付之一炬。我们收到一篇题为《李叔同——弘一法师的一生》的史料，对能否刊载有的人就有顾虑，我坚决主张发表。弘一法师在天津的俗家还有一个儿子健在，名李端，还有 3 个孙女，我们就采访他们，征集到许多关于李叔同家族的史料。又得知在外地还有一个李叔同的侄孙女李孟娟,其父亲是知名的中法大学校长李麟玉,掌握着许多关于李叔同家族的史料,还保存有家族的照片。这些史料是我们天津独有的啊!于是我们又请天津的知名学者朱经畲撰写了弘一法师年谱,连同搜集到的其他有关资料,编辑了《李叔同——弘一法师》一书,请中国佛教协会会长赵朴初先生题写书名。这本书出版后在全国引起很大反响,甚至台湾地区有一家出版社来函要求我们授权在当地再版发行。

再举一个例子,就是杜建时。杜建时在国民党统治时期担任天津市长,天津解放后被捕,作为战犯被关押,后来获国家特赦。杜建时被安排为全国政协文史专员,我们立即向他约稿,他很痛快地答应了。杜建时是留美博士,文笔很好,回忆录将他自己在天津执政 3 年的功过是非写得很详尽,我把标题改为《从接收天津到垮台》,5 万字一次刊完,

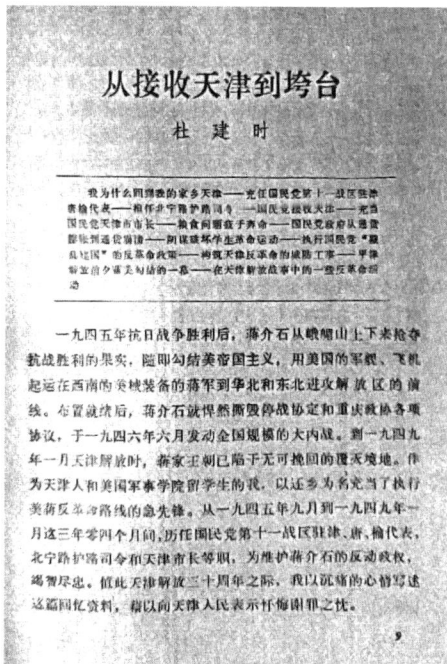

《从接收天津到垮台》一文节选

读者反映强烈。杜建时在人民解放军围城时,没有遵从蒋介石的命令撤走,在战斗打响后他在电台播发"和平宣言",但为时已晚,解放军此时已经进城了。杜建时将政府的档案文书完整地交给接管

人员,然后就作为战犯被关押起来,直到后来被特赦。1981 年,杜建时担任全国政协委员,同年,他向政协提出申诉,转到最高人民法院,经过调查核实,于 1983 年法院作出裁定"不应以战犯对待",应被视为爱国人士。

再举一个例子。晚清有两个大太监,一个是李莲英,一个是张祥斋,就是小德张。小德张是静海县(现静海区)人,光绪十七年当太监,经历了光绪继位、戊戌政变、八国联军入侵随慈禧太后西逃,光绪死后宣统继位,他又担任隆裕太后的总管家,直到清朝覆灭,当了 22 年太监。清朝灭亡后他来到天津租界当寓公。小德张很会敛财,有很多财产。小德张当了太监以后,把其兄的长子收为嗣子,所以他有后代,有儿子、孙子、重孙子,也一同住在天津。小德张是在 1957 年去世的,活了 81 岁。我们得到这个线索后,就找到他的重孙子张正全约稿。张正全是个印刷厂工人,有文化,他就以他父亲张仲忱的名义写了一篇《回忆我的祖父小德张》(署名张正根),长达八万多字,内容非常丰富,因为小德张经常给子孙们讲述清朝内宫的事,包括许多秘闻内幕,小德张是三品官,知道的内幕太多了。小德张长得潇洒英俊,与宫女们关系亲密,特别是与裕容龄格格还发生一段恋情。裕容龄曾随其父裕庚出使法国,接触并学习西方文化,特别是西方歌舞,甚至能跳芭蕾舞,回国后深受慈禧太后宠爱,当上御前翻译官。容龄经常与小德张接触,两人发生了恋情,耳鬓厮磨,甚至彼此交换了信物。小德张是个阉人,当然不可能结婚,但两个人始终保持恋爱关系,在这篇文章里都有记载。我准备在《天津文史资料选辑》上分期连载,给读者来点悬念,分管文史工作的乔维熊副秘书长就对我说："算了吧！你别吊读者的胃口了，就一次登完算了。"结果八万多字一次刊载，占全书近一半的页数。

再讲一个更为生动的例子。大家知道山东曲阜有个孔府，孔子77代孙孔德成在山东解放前夕去了台湾地区，他的姐姐孔德懋住在北京，她有个女儿叫柯兰，在天津一家小学教书。我们得知这个信息后便去采访她，得知她掌握很多孔府的事情，便为她向学校请了两个月的写作假，在政协文史办公室腾出一间屋子，供她安静地写作。结果她就以她母亲孔德懋的名义，完成了《孔府内宅轶事》这篇史料，有五万多字，内容涉及许多世人无从得知的孔府内宅的掌故。这篇史料在《天津文史资料选辑》上一次登完，读者反映强烈。后来听说在台湾地区的孔德成也看到了这篇文章。

曲阜孔府大门

《孔府内宅轶事》

由于当时的《天津文史资料选辑》还属于"内部发行",传播面不广,于是天津人民出版社就和我商量,想出单行本,我表示同意并请柯兰再加以补充,又请全国政协文史办公室主任董一博写篇序言,他是山东人,对此书热情推荐。出版社一次就印了近五万册。柯兰因为写这本书也就为世人所知。柯兰在十五六岁时参加了抗美援朝,复员后被分配到天津教书。她思想进步,爱好文学,经常写作,曾担任《天津文学》的编辑,并且参加了民主党派,后来担任天津河西区副区长,分管教育工作,又担任河西区政协副主席,而且与孔德懋母女二人都被选为全国政协委员,成为高级民主人士了。后来柯兰又写了《千年孔府的最后一

姐弟分离近四十年,1990年在日本重逢

代》，内容更丰富、更系统、更生动了，还特意签名送给我一册。这本书最生动的是，孔德懋在1990年去日本访问，日本友人暗地里把孔德成从中国台湾邀请到日本，姐弟二人在事先毫不知情的情况下突然在东京相见。相隔四十多年在东京重逢之时，姐弟二人紧紧拥抱，失声痛哭，那场面真是感人！1995年孔德懋又去台湾探望弟弟孔德成，还见到了弟媳。这本书就以姐弟重逢结束。这个典型例子说明征集工作如果找准对象会产生多么有价值的史料。

《天津文史资料选辑》先后陆续推出许多独家史料，如《周学熙与北洋实业》《天津"八大家"》《天津便衣队暴乱》《孔府内宅轶事》《驱逐溥仪出宫始末》《末代皇妃文绣的一生》《一个太监的经历——我的祖父小德张》《庚子沦陷后的天津》《武术大师霍元甲》《理教传入天津及西老公所》《青帮在天津的流传》《天津的混混儿琐闻》，以及杜建时的《从接收天津到垮台》、谭元寿的《谭门艺语》、骆玉笙的《舞台生活六十年》、张寿臣的《回顾我的艺人生涯》、马三立的《艺海飘萍录》、曾国珍的《中国魔术纵横谈》、曹禺的《回忆在天津开始的戏剧生活》等，备受读者瞩目，有的文章还被其他杂志转载。全国政协文史办公室曾对天津的《选辑》给以良好的评价。

《天津文史资料选辑》冲破当时对历史人物的偏见樊篱，最早刊登有关张伯苓、严修、卢木斋、李叔同（弘一法师）等人的传记史料，客观公正地评价历史名人，受到知识界人士的关注，取得了良好效果。南开大学的一位教授在读了张伯苓的传记史料后，非常激动地表示："一篇史料温暖了我们知识分子的心。"

四、文史资料传播海外

全国各地政协文史资料选辑在初期都采取"内部发行"方式，这样做并非其中有什么国家机密，不过是出于政治上的审慎。这种自我封闭的状态，自然导致流通的梗阻，书店不能公开陈列，海关检查不予放行，无异于作茧自缚。1980年12月，我参加全国政协召开的第三次全国文史工作会议，王首道副主席到华北组参加讨论，我提出了这个问题。他表示："公开发行还是内部发行，可以根据具体情况来决定。"归来后我向朱子强副主席汇报此事，他当即明确表态："公开发行，我看没有什么不可以，你们在政治上谨慎些就是了。"于是从1981年《天津文史资料选辑》第14辑开始，天津率先改变发行办法，面向社会公开发行。此后全国与各地政协的文史资

在政协文史办公室留影

料选辑相继都改为公开发行了。

我不曾料到的是，《天津文史资料选辑》公开发行之后，竟流向中国香港、台湾地区和新加坡、日本、美国等国家。1983年，日本花园大学教授小野信尔在日本《东亚》杂志上发表了一篇题为《走向客观评价历史的时代》的文章，评论中国历史研究的动向，其中写了这样一段话："在众多的文史资料中，政协天津市委文史资料研究委员会编辑、天津人民出版社发行的《天津文史资料选辑》从第14辑在国外也可以买到了。它那充实的内容使我们获益匪浅。"当我得知这一信息后非常兴奋，也很惊讶日本学者涉猎中国史料竟如此细致。1983年3月，天津社会科学院历史研究所接待日本学者、东京大学东洋文化研究所的滨下武志先生，我也应邀参加座谈会。滨下从事中国经济史研究，谈起清末民初天津的钱铺、票号、盐商、典业，以及天津"八大家"，头头是道，据他说，经常阅读《天津文史资料选辑》。还有一位林原文子女士，曾在南开大学进修，搜集许多地方史资料，并曾造访政协文史办与我晤谈，回国后写成《宋则久与天津的提倡国货运动》一书，洋洋数万言；后来又寄来一篇《清末天津工商业者的觉醒及夺回国内洋布市场的斗争》，我将它发表在《选辑》上。我未曾想到天津的文史资料在中日文化交流方面竟起到如此的作用。

中国台湾地区出版的著名杂志《传记文学》，从1982年开始曾多次转载或摘录《天津文史资料选辑》的史料，并注明来源；作为回应，我也从《传记文学》中转载与天津有关的文章。当时海峡两岸尚处于禁锢状态，《天津文史资料选辑》犹如先行的信使，传递海峡两

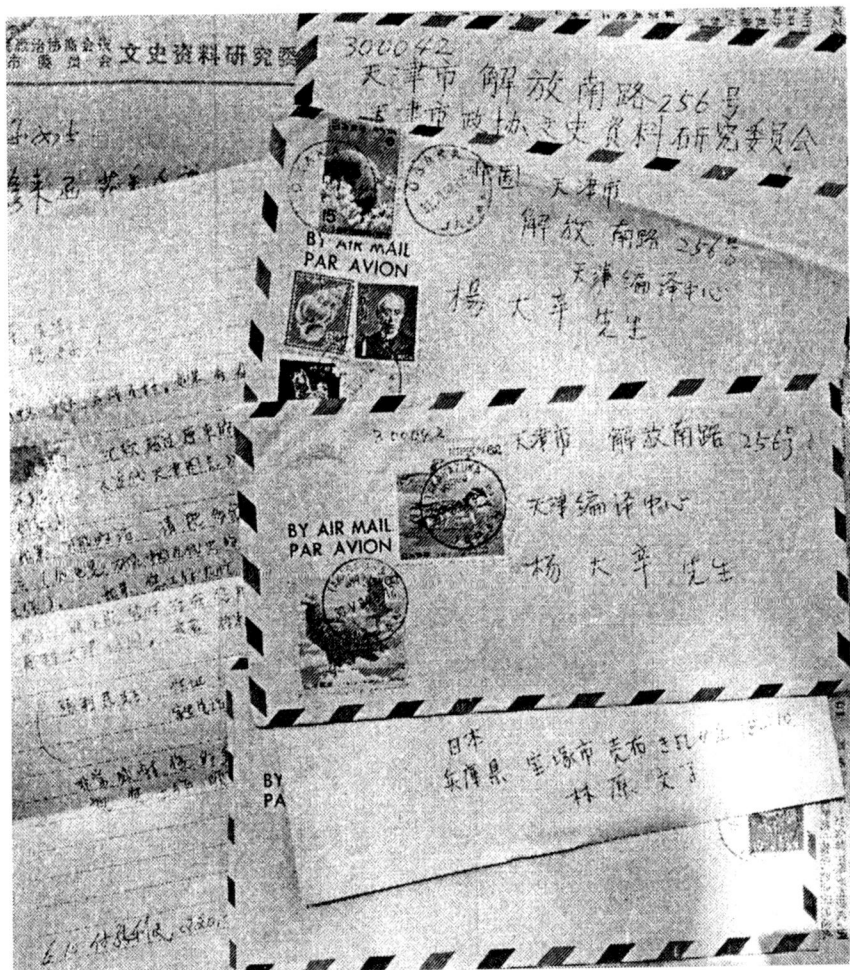

与林原文子通信往来

岸的文化信息。对此,我越发感到政协文史工作意义重大,也鞭策我必须认真且严肃地对待自己的工作。

五、不为虚名所累

1983年9月召开的第四次全国文史工作会议提出:文史资料

的专题化、系统化是进一步提高文史资料工作水平的方向,此后文史工作就迈向了编辑出版专集史料的新台阶。天津从1986年开始,先后出版了《天津租界》《天津的洋行与买办》《天津便衣队暴乱》《天津近代人物录》《天津历史的转折》《天津——一个城市的崛起》《沦陷时期的天津》《津门老字号》,以及与全国政协文史办公室和其他单位协作编辑的《李叔同——弘一法师》《化工先导范旭东》《平津战役亲历记》《七七事变》《列强在中国的租界》等。选集与专集的出版,每年可向社会提供约一百万字有参考价值的历史资料,在历史研究领域中自成一体,独树一帜。

在主持政协文史工作的同时,我个人还应南开大学出版社之约,主编《北洋政府总统与总理》一书(39万字);受市文化局的委托,为亡友吴云心整理编辑了《吴云心文集》(57万字)。我在编书之余,还应某些报刊编者之约,不时写点说古道今的闲杂短文,并在1993年结集出版《津沽絮语》一书,请老朋友刘书申作序,其中写道:"大辛的'絮语'有别于现今那种不着边际的'侃大山',他以坚实的史料为基础,汲大洋之一勺,厚积薄发,洒脱恣肆,令人服膺。"此言过奖,惭愧!

随着工作的开拓与发展,我在政协的职务一再提升,由文史办公室副主任到主任,再到文史资料研究委员会副主任。与此同时,我还担任了若干社会团体的空头职务,如天津市社会科学界联合会委员、天津社会科学院历史研究所特约研究员、天津市历史文化名城研究会理事、天津市炎黄文化研究会理事、天津市民族问题研究会理事、天津政治学学会理事、天津市文物博物馆学会名誉理事、天津市地名学研究会副理事长、天津市水西庄学会副理事长、天津市李叔同——弘一大师研究会理事等。

我忝列上述若干社团职务，结识了一些知名学者、社会人士，固然有利于扩大政协文史工作的影响，似乎也提升了我的社会知名度，但说白了，不过是扮演着"跑龙套"的角色。人贵有自知之明，我本是布衣寒士，一无学位，二无职称，学疏才轻，难成大器，所以从来不接受什么"专家""学者"之类的恭维性称呼，不为虚名所累。其实说到底，我不过是一名爱岗敬业的普通编辑而已。

六、开拓修志事业

我的革命引路人李克简，1983年从市广播电视局领导岗位退居二线以后，经市委安排为顾问委员会委员，同时责成他负责组建地方志编修委员会，启动天津的修志工作。这是中央下达的一项新任务，当时归口市委宣传部负责，李克简提出必须调杨大辛同志协助他开展此项工作，为此市委宣传部一再找市政协商调，未能解决，最后经市政协王恩惠副主席拍板：杨大辛仍留在政协，可以为修志兼职，参加会议与承担部分实际工作。于是，市委宣传部在1984年10月任命我兼任地方志编修委员会总编室副主任（李克简担任地方志编委会副主任兼总编室主任）。1989年2月，又提升我为编委会副主任。

我对编修地方志是门外汉，从来没有接触过这项工作。回想我的工作经历：经营书店——建立专门登记处——开拓宗教工作——创刊文史资料选辑——编修地方志，无一不是从头做起的开创性工作,或者说具有挑战性。如今从事修志工作,主要的困难是:自己不懂,却要指导别人,岂不是"问道于盲"吗?正当困惑之际,我淘得来新夏教授撰写的《方志学概论》一书,如获至宝,精心研读,才算有点本钱,可以现趸现卖了。我尊来新夏先生为导师,经常求教与切磋,并肩为推动天津的修志事业而尽力。来先生长我两岁,亦师亦友,交往已近三十年,引以为知己。

修志工作开始发动时,首先必须弄清编史与修志的区别,因为人们只有编史的经验,而无修志的概念,往往将修志与编史混为一谈。经过学习我体会到:史志同源,都是历史学科家族的一员,史与志的区分主要是体例结构与记述方法的不同。古今方志学家对此多有精辟的概括,如:史主论述,志著广征;史重论断,志重记述;史重史观,志重史实;史重纵剖,志重横断;史体纵看,志体横看;史重在鉴,志重在用;史以继往,志以开来……我认为,关键在于处理好时间与空间(即纵与横)的关系,因此我将修志的记述方法简单概括为:纵写历史,横陈当代,横排纵写,立体交叉。我就以自己的心得体会辅导修志人员,并在后来的审稿过程中不断总结经验,使之逐步完善。

地方志编委会的工作目标是编多卷本的《天津通志》,工程浩大,任务繁重,而且周期很长。于是我向李克简建议,修志工作可分两步进行:先修一部《天津简志》,以期尽快见到研究成果,并可摸索修志工作规律,取得经验、锻炼队伍;然后在此基础上再推动编修《天津通志》。经过研究,李克简同意了我的意见,并责成我担任主编,负责总纂。从1985年开始制定工作方案与篇目结构,发动全

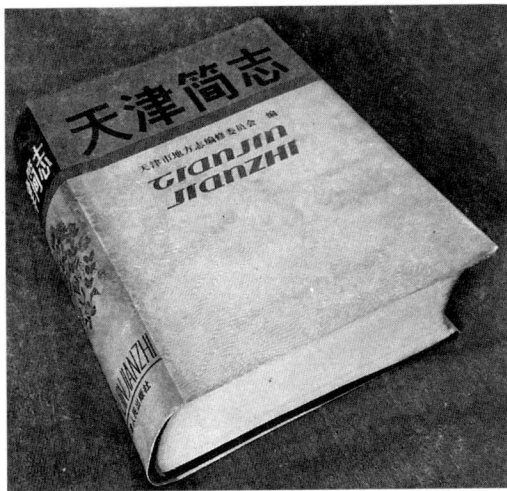

《天津简志》

市 167 个部门与单位通力合作，至 1987 年底完成初稿，然后进入总纂阶段，再经过初审、统修，从体例到内容，从史实到文字，精心把关，反复推敲，终于 1990 年底定稿。《天津简志》共 30 篇、144 章，计 188 万字，交由天津人民出版社于 1991 年出版，成为天津第一部社会主义新方志。在 1993 年全国首届志书评比中获二等奖，同年在天津首届志书评比中获一等奖。

由于志书要求收集的资料尽可能完备，做到"纵不断线，横不缺项"，因此出现类似资料汇编的倾向。为了防止这种偏见，我从 1989 年就强调应深化志书的思想内涵，力求做到思想性、科学性和资料性的有机统一。只有重视志书的思想性，才可能引发读者借鉴历史，反思得失，以利改进工作，同时也可以提高志书的可读性。每当我审读各单位的志稿时，总要强调这一点，以提高志书的质量与水平。

此后，我又提出再编一册《近代天津图志》，为此联络历史博物馆、党史资料征集委员会、城市建设志编修委员会等单位通力合作，公推我为主编。此书收入自 1860 年天津开埠至 1949 年天津解放期间的历史图片一千两百余幅，反映了近百年天津在政治、经

《近代天津图志》

济、城建、教育、文化、社会等各方面较为集中、典型的形象资料。《近代天津图志》于 1992 年问世,社会反映极佳(2004 年再版)。

我在地方志编委会虽是兼职,实际上主要精力已经从政协文史转移到修志方面,我为修志事业可以说是呕心沥血、尽职尽责。

七、政治创伤难以愈合

我在欣慰地享受事业成就感的同时,又无法排遣政治上的苦恼,即难以承受为解决党籍问题的痛苦遭遇。虽然党的十一届三中全会摒弃了"以阶级斗争为纲"的政治路线,但"宁左勿右"的习惯势力根深蒂固,拨乱反正与落实政策的无形阻力很大,也就牵制了我的政治命运。

1958 年宗教事务处党支部以"犯有严重右倾情绪"错误取消了

在地方志做学习工作辅导报告

我的预备党员资格，很明显是受到反右派斗争的株连。我在 1980 年向政协党组织提出申诉。按规定，凡是申诉案件应由原处理单位复查，因此政协将我的申诉材料转到宗教事务处，也就是当年将我清理出党、后来又把我打成"现行反革命"的那一伙人手中。他们对我的申诉很"反感"，但又不能不受理，拖延了半年多，写出复查结论，不得不承认当年对我做出的"犯有严重右倾情绪错误"的结论是错误的，但又诡辩说这不是取消预备党员资格的依据，撤销的理由是我对长期未能转正有不满情绪，存在"个人主义"。我对这种文过饰非、偷梁换柱的手段非常恼火，拒绝在复查结论上签字，形成僵局。

不久，在市委统战部工作的郎维华向我转达统战部部长会议对我的问题讨论结果，认为当时我如果是正式党员，没有问题可以立即恢复党籍，因为是预备党员，而且已经过了二十多年，决定接纳我重新入党。又劝说我最好在复查结论上签字，不要把事情弄僵。我当即明确表态：可以接受重新入党的意见，但坚持认为 1958 年对我的处理是错误的，后来我在复查结论上签字时，也表达了这种观点。我不会对党隐瞒自己的观点，我从来不是一个"逆来顺受"

的人。

市委统战部通知市政协负责解决我的重新入党问题。1981年9月,我正式填写"入党志愿书",找了两个入党介绍人,应该说进入了正规的入党程序。但奇怪的是,在办理过程中又有人从中作梗,予以否决。我隐约地感到,暗中有一只黑手在拨弄我的政治生命,那就是"左倾"残余势力,因为手段很隐蔽,我无法与之抗争。看来国家的政治气候虽然已经"春回大地",却依旧"寒风凛冽"!有一次某负责同志找我谈话,喋喋不休地强调1958年对我的党籍处理是正确的,触恼了我,当即申明"从此我再也不提出入党",然后拂袖而去。事后也很自责,不该一时激愤说出如此负气的话,反映出刚愎自用的性格弱点。

排除了为党籍而产生的烦恼,思绪反而平静下来,可以心无旁骛地集中精力做好工作。回想当年在地下工作期间,曾自诩为"党外布尔什维克",如今自己已为党的事业奋斗了四十多年之后,反而真的成为"党外布尔什维克"了,不免萌生一种凄惘失落之情。可以欣慰的是,我的长女与次子早已经是共产党员了,为老爸争气!

我在政治上坎坷失落,但行政职务却从科级一再提升——副处、正处乃至副局级,又被安排为政协委员。可以说是喜忧参半,但我对革命事业的忠诚始终不渝。

离休以后

一、离休后的心态

1992 年 4 月 10 日,市政协某领导人找我谈话,告知市委组织

离休后留影

部最近下达了关于我离职休养的通知。谈话内容无非是肯定我为党的事业有贡献、今后还希望多关心政协文史工作,以及对党还有什么要求之类的客套话;我也爽快地表示服从组织决定,没有什么要求。我离休时已经 67 岁,早已超过国家关于干部退休年龄的规定,我还能有什么意见。如果提出"党对我在落实政策上是欠了账的",岂不令对方难堪?

我曾在一篇杂文中表述离休后的心情:"从岗位上退下来,生活环境与心理状态都发生了变化。老实说,最快慰的事莫过于不再

纠缠在人际关系中,可以无须观察上峰的脸色行事,再也用不着在同僚的摩擦中周旋,更不必防范别人的暗算,从名缰利锁中挣脱开来,精神顿时宽松了。"

"老骥伏枥,志在千里,烈士暮年,壮心不已。"这是曹操的千古名句,它鞭策着古往今来的仁人志士为国为民奋斗终生,永不停步。我也受到启发,虽然坎坷一生,始终自强不息,如今离休也毫无失落之感,抖擞精神,继续在编史修志这片土地上耕耘。第一,我在政协文史资料委员会仍保留着名义上的职务,多年情结,难以割舍;第二,我仍担任着地方志编修委员会副主任的职位,重任在肩,责无旁贷;第三,市政协编译委员会聘我为常务编审,礼遇情切,竭尽所能;第四,市文史研究馆聘我为馆员,暮年余热,情系桑梓。

我离休后,同时担负着上述四方面的工作,还经常参加一些社会活动,有时甚至忙得顾此失彼。我的离休生活过得非常充实、自信与舒畅,远离一切烦恼。

二、政协文史情缘未了

我离休时,政协文史资料委员会副主任的头衔尚未免去,转年政协换届,又被安排为顾问,藕断丝连,情缘未了。再说,我曾把政协工作岗位视为后半生安身立命之所,也是东山再起之基,所以感情深厚,身为顾问,总有"回娘家"的感觉,继续为文史办公室审阅稿件、参与编务,视为本分之举。时至今日,我已离休二十余年,仍与文史办公室的同志们经常保持联系,做些咨询服务的事情。

1993年政协换届之后,副主席黄炎智兼任文史资料委员会主任,他礼贤下士,尊重我这个顾问,经常邀我参加有关会议,征求工作意见。黄炎智工作认真深入,善于调动下级的工作积极性,如他支持文史办公室编辑两本地方史资料,即《天津老城忆往》与《天津租界谈往》,非常关心成书过程,并为两书题签书名。他责成我主编租界一书。此两书内容详尽翔实,出版后受到社会好评,颇为畅销,后来竟一书难求。

文史办公室主任方兆麟打算出版一套"近代天津名人丛书",征求几位与文史工作有关的同志的意见,大家表示赞同,但又感到这是一项系统工程,难度比较大,一时犹豫不决。黄炎智为此召开了两次座谈会,动员与会人员充分发表意见,反复论证,最后拍板定案,并亲自参与制定规划,确定入围人物,选定各卷主编,每卷书稿编讫后亲自审阅定稿,工作之深入细致,令人叹服。我被指定主编《近代天津十大寓公》一书。该丛书陆续推出后,社会反映良好,赓续出版至今已达20辑,囊括了近代天津各界精英人物的传记史料,颇具史料价值。

1997年初,为迎接7月1日香港回归祖国,文史办公室决定编一本纪念性的史料专辑。黄炎智非常重视此事,待文稿汇齐后为书名一事就曾召开两次碰头会议进行讨论,大家七嘴八舌地提出几个书名,难以取得共识,最后我建议:"大陆与香港都是炎黄子孙,一脉相承,可否起名'天津·香港一脉情'?"黄炎智沉思了一会,果断地决定:"一脉情好,就这么定了。"此书出版后,我的一位朋友说:"一脉情这3个字,表达了民族凝聚力与深刻的感情内涵。"不久我注意到,报纸、电视台都在用"一脉情"这个词形容天津与香港的关系。

1997 年 7 月，我突患脑梗塞导致半身瘫痪，病情危殆，我万万没有想到黄炎智副主席闻讯后到医院看望，祝愿我早日康复。我已离休在野，虽然支持他的工作，毕竟交往不深，他对我如此关怀，不由得使我热泪盈眶！

三、修志事业重任在肩

离休后在政协文史资料委员会挂名顾问是个闲差，属于咨询性质。相对而言，在地方志编修委员会的工作却是越来越重。由于担当副主任这个职衔（1994 年 2 月以后任顾问），许多工作如培训、辅导、审稿等，不得不出面参与。这且不说，开展修志工作已近十年，各修志单位大多已完成搜集资料阶段转入撰写，工作抓得紧的单位已经写出初稿甚至进入定稿阶段。根据《新编地方志工作条例》规定，各系统各部门的志稿必须报请省（直辖市、自治区）一级的地方志编委会验收合格方可出版，所以承担的审稿任务十分繁重。各系统各部门的志书属于专业志，在业务上我们是外行，审读时在这些方面提不出中肯的意见，主要着重在篇目设置与记述方面的问题，如是否符合志书体例，是否史实准确无误，是否层次清晰，是否文字通顺等，在这些方面的缺漏或瑕疵总会挑出不少。一部志书至少五六十万字，多则一二百万字，审读起来费时费力。

在四五年里，我参与审读过的《天津通志》各卷有：《体育志》《地震志》《粮食志》《物价志》《金融志》《大事记》《租界志》《城市建设志》《科学技术志》《出版志》《政府志》《人民代表大会志》《人民法院志》《政协民主党派志》等。此外,各区县也陆续完成了区志、县志,篇幅都比较浩繁,我都认真地参与了审读工作。

我在古稀之年,仍致力于家乡的修志事业,并目睹取得了累累成果,虽为之心力交瘁,其愉悦之情莫可言状。

四、编译工作勉为其难

市政协下设编译委员会,是由袁东衣先生擘画成立起来的,在全国政协系统属独一无二的专业委员会。

袁东衣是资深的民主人士,辽宁人。抗战期间在重庆追随共产党人阎宝航协助党开展统战工作,抗战胜利后积极投入反对蒋介石独裁的民主运动,曾著文呼吁释放张学良将军。不久,袁随同阎

与袁东衣合影

宝航潜往东北解放区,阎出任辽北省人民政府主席,袁也参加了人民政权工作。1947年春,党派他秘密前往上海,以商人身份对上层民主人士开展统战工作。1949年6月,又身负打开东北贸易的特殊使命被派往香港,不久回到内地,客居天津(他的家在上海),参与政协、民主党派与工商界的活动。他是天津政协文史工作的开拓者,"文革"前征集到的约一千万字史料就是他的功劳。我调到政协后与他共事,我尊之为业师,相处甚为融洽。

袁东衣交往广泛,在北京有许多民主党派与文化界的朋友。1979年,北京有关单位承担了翻译《不列颠百科全书》任务,该编辑部总编辑徐慰曾特意来天津请袁东衣协助组织天津的高级翻译人才帮忙,袁即以此为契机组建了编译组,广泛罗致精通英、日语的高级知识分子百余人。除完成《不列颠百科全书》部分条目约一百七十万字的翻译任务之外,编译组又翻译了六百多万字的《顾维钧回忆录》,以及日文的《华北治安战》《冈村宁次回忆录》《日本军国主义侵华资料长编》等书,一时在翻译界名声显赫,也得到市政协领导的重视,因此将编译组提升为编译委员会。十余年间,翻译英、日文著作不计其数,至少有三四千万字。

我离休后,袁东衣诚挚地邀我到编译委员会帮忙,盛情难却,遂到编译办公室上班。我懂得一点日文,主要负责审读译稿与文字加工,以自己的水平与能力,勉为其难。

我在编译委员会协助工作四年有余,审阅译稿十数部,重点著作如《世界名著便览》《今井武夫回忆录》《日本人的集团心理》(入谷敏男著)、《北京历史漫步》(竹中宪一著)等。我还负责主编《日本军国主义侵华人物》一书(58万字),内收日本军国主义分子60人,包括首相、大臣、军人、政客、财阀、法西斯理论权威,乃至和尚、浪人、间谍、特务等,主要根据日本人撰写的传记或回忆录编译而成,因为著者大多站在侵略立场、以侵华为"荣"而自我表"功",不加掩饰地暴露出其险恶居心,也就成为揭露其侵略真面目的铁证。此外,我还参与了《顾维钧回忆录》的缩编工作,即从原著600万字浓缩为100万字,从总体上保持了原著的精髓与风格,受到出版单位(中华书局)及顾维钧女儿顾菊珍的赞许。

袁东衣于1997年2月9日病逝,我深感哀痛,曾撰挽联表示悼念之情:

一生追随共产党,抗日反蒋,风雨同舟,对外贸易,黾勉运筹,不居功,不骛名,肝胆相照传美誉;

全心热爱新中国,协商议政,肺腑真诚,文史编译,创业艰辛,何惮劳,何服老,鞠躬尽瘁启后昆。

五、荣任文史研究馆馆员

在我离休的第二年,即1993年7月,市文史研究馆聘我为馆员,聘书由市长亲自签发。文史馆员属于社会荣誉待遇,晚年有幸获此殊荣。

我与文史馆有过一段历史渊源。1953年文史馆初建时,我在市政府宗教事务处工作,同属统战系统,文史馆第一任秘书长张羽时,

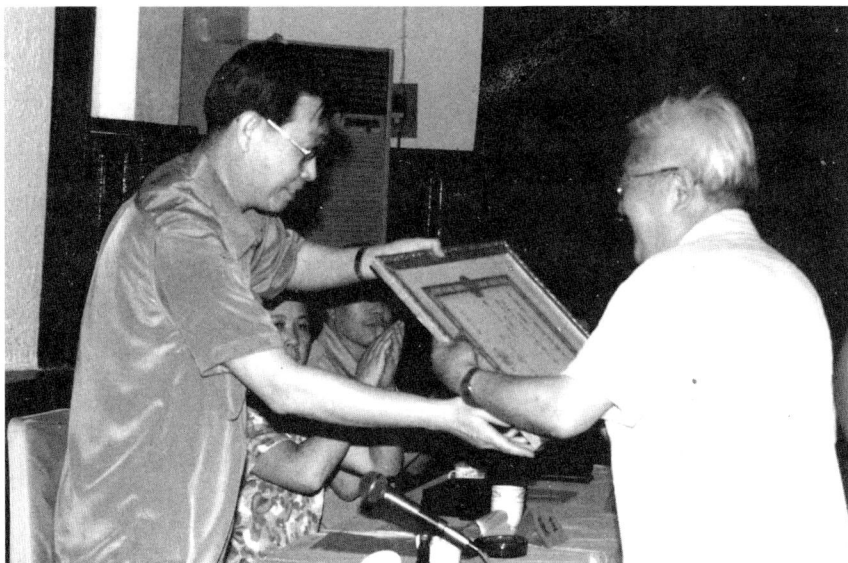

受聘为文史研究馆馆员

就是从宗教事务处调去的,我俩私交不错,常去文史馆看望他,对文史馆早期情况有所了解。1954年大悲院修复后,其匾额"古刹大悲禅院"就是我通过张羽时请王襄馆长书写的。老一辈的文史馆员多系乡贤宿儒、博学名士,是我所景仰的学者,也很赞赏馆中那种儒雅氛围,但我从未奢想过我也能厕身其中成为馆员。在晚年从事编史修志工作而薄有虚名,为文史馆错爱,不胜惶恐,只能说是滥竽充数。我非常珍惜馆员的荣誉,凡是文史馆吩咐的事我必然努力去做,一切活动尽量参加。可以说,文史研究馆是我人生征途的最后一个驿站。

六、政治隐痛何时了结

我很清楚,我一直是个有争议的干部,人们对我褒贬不一,以我的耿直性格难免会开罪某些人，对此我也不大检点，有点禀性难移。虽已年逾古稀，却豪情依旧，享受读书与写作的生活乐趣，似乎已渐臻孔夫子所说的"七十而从心所欲"的境界。

多年来与我经常交往的人，大多知道我是新中国成立前参加革命的老同志，又一直是市级机关的中层干部，揣测应该是共产党员，更何况有人知道我早在知识书店工作期间就已经入党（不清楚我后来的遭遇），所以他们在政治上对我比较尊重与信任，对我说来也是一种精神安慰。不过，还是遇到让人难堪的事！1996年，市委决定在天津建立周恩来邓颖超纪念馆，由市文化局负责筹建，该局提出一个以市委书记高德占、市长张立昌为首的建馆领导小组人员名单，将我也列入其中，经市委批准后下发了红头文件。我得知此事后非常忐忑不安，后来就对文化局的一位负责同志表明"我不是党员"，他很错愕，我很愧疚。又有一次，街道居委会党支部书记到我家来，动员我参加社区党员活动，我告诉她"我不是党员"，她诧异地说："我们底册上明明写着您是离休干部、共产党员呀！"当时彼此都很尴尬。还有一次，一位老朋友完成了一部有关地方党史资料的书稿，找我作序，我说："这个序我不能写，我现在不是党员。"他一时惊呆了，连声说："这怎么可能呢？"为此两人叹息不已。

别人认为我是共产党员，而我不是；我本应是共产党员，却又不能。这种政治上的反差使我深深陷入痛苦之中。我一再申诉，始终拖而不决；拖就拖吧，拖也不影响我对党的信念，拖也不影响我积极工作。我甚至有些自负，敢与共产党员比贡献、比作风、比人品。当然，这不过是"自我安慰"罢了，实际的感受是"此恨绵绵无绝期"！

战胜病魔

一、病变杀手突然袭击

1997 年 7 月 13 日下午,天气奇热,我在家中倚靠在沙发上看书,忽然感到右臂麻木,刚想站起来,猝然栽倒在地,顿时半身瘫痪了。家人急呼"120",送往医院抢救,经诊断为脑梗塞,当即留在医院接受治疗。这一切来得如此突然,刚刚还是自由自在的健康人,转瞬间成为站不起来的病残者,正应验了"天有不测风云,人有旦夕祸福"那句老话。

我的思维能力似乎并未受到任何损伤,躺在病床上思想纷乱。在离休后的 5 年间,一直忙忙碌碌,并无疲惫之感,对自己的健康状况过于自信,殊不知已是七十开外的古稀老人了,身体器官逐渐老化,怎能承担超负荷的脑力劳动呢! 病魔杀手伺机偷袭,终于把我撂倒了。我是躺着被抬进医院的,将来是否还能站着出去? 感到茫然与惶然,心想大概即将到达人生的终点站了。

在医院住了下来,每天除接受治疗外,有足够的时间空当,回忆往事,体味人生。我出身贫寒,幼年丧母,与父亲相依为命,含辛茹苦,立志图强,年少偏爱写作,一心想当文学家,十七八岁涉足文坛,崭露头角,及至 21 岁参加革命工作,从而改变了人生轨迹。后来接二连三的政治运动,备受折磨,尤其遭受"文化大革命"的冲击,被打翻在地,逆境沉沦。庆幸党中央粉碎"四人帮"反党集团,拨乱反正,政通人和,已经年逾半百的我,回归笔耕,东山再起,得以有所作为,是我晚年最大的欣慰!

如果反思人生的成败得失,我究竟是成功者还是失败者?世事纷杂,莫衷一是,又怎能说得清楚?我之为人一向勤于学习、善于思考,对任何事情都有自己的见解或观点,从不人云亦云,更不唯唯诺诺,而且不讲违心的话,厌恶花言巧语——这是我的性格。常言道:"性格决定命运。"我之所以命途多舛,麻烦不断,大概正是由于这种耿直性格所致。

我对事业有进取心,而且是个"工作狂",几乎没有什么个人的娱乐生活,也不贪图物质享受,人生乐趣蕴蓄于事业的成就感。就这一点来说,可以勉强算是个成功者,但在政治上却是彻底的失败者。我一不识时务,二不谙世故,三不趋炎附势,因此常被人们视为高傲、偏激与固执。我自信是个正直的知识分子,从来没有整过任何人,更没有诬陷过谁,甚至在政治运动中也不曾充当过"打手"。我与"极左"分子水火不相容,触霉头的必然是我,甚至因此被说成是"对党不满"。我参加革命半个世纪,一向勤勤恳恳,廉洁奉公,没有犯过任何错误,想不明白为什么党一再把我拒之门外?五十多年的是非曲直,真是一言难尽!说到底我是个"一心向党的悲剧人物"。

在病榻上,我忍受病痛折磨的同时,还要承受思想上难以摆脱的苦恼,心情非常压抑。此番大难不死,口占七律一首志之:

偶染风寒半身瘫,生死危难一息间;

春蚕丝尽犹作茧,蜡炬泪无化为烟;

史志林中挥汗雨,名利场上自清廉;

遍踏人生坎坷路,老来依旧步步颠。

在医院住了七十多天,瘫痪状况略有缓解,我便急着要在国庆节前出院。当初我是从救护车上用担架抬进来的,现在居然可以在家人的搀扶下趔趄地走出医院。苍天厚爱,惠我残生!

二、坚持与病魔做斗争

我右半身瘫痪以后,生活完全不能自理,就连起床、穿衣都很困难,更不用说站立行走了。医生嘱咐除接受药物、针灸治疗外,必须坚持康复锻炼,住院期间我就开始了,先从站立、扬臂、迈步做起,虽然开始非常吃力,日复一日地坚持,变化还是明显的。回家以后生活环境比医院舒适随意,又有妻子、儿女的精心照料,心情好多了。每天坚持在室内拄着拐棍儿蹭行数十步,几个月后又锻炼爬楼梯,再到户外散步;右臂的锻炼也同时进行,把麻木的手掌贴到墙上练习"蚂蚁爬墙",还练习握笔写字。总之,循序渐进,逐步康复。大约两年时间左右,虽然步履蹒跚,居然可以上街买菜了,还可以去相距一二里地的邮局、银行办事,以及多次去医院看病。坚持与病魔做斗争,不断取得"胜利",非常开心!

最开心的莫过于又可以提笔写稿子了。首先写了一篇《半残小记》，记述自己患病的经过与思想活动，在《天津日报·满庭芳》上刊出后，引来老朋友的问候。后来又给《老年时报》写过几篇以老年生活为内容的杂感，其中有一篇题为《活得坦然》，表达我对人生的感悟，即只有"无悔、无怨、无愧"，才能"活得坦然"，还在文末附上此前写的一首诗：

> 一世蹉跎两鬓斑，悠悠往事淡如烟；
>
> 多愁多怨人情冷，无怨无私心地宽；
>
> 俊杰岂因识时务，松柏挺立耐岁寒；
>
> 莫叹日落天色晚，挑灯夜读亦陶然。

由于行动不便，有两年时间没有外出参加社会活动。1999年，国庆50周年之际，政协老干部处召开离退休干部座谈会，因为我是政协干部中参加革命时间比较早的，又参加过开国大典，所以热情地动员我参加，我也很想念老同事们，便出席了，还在一起吃了一顿饭，这一天过得非常愉快。这是我患病后第一次外出活动，有了第一次就会有第二次、第三次……我又逐渐融入社会生活。

三番五次的政治伤害，我不曾自馁；突如其来的病魔袭击，我不曾屈服。"千磨万击还坚劲，任你东西南北风。"这是清代诗书画大家郑板桥的《竹石》名句，我奉之为"人生哲学"。

夕阳无限好

一、病愈笔耕依旧

2000 年的到来,标志着人类社会进入了 21 世纪,我也成为"跨世纪老人"。劫后余生,依然故我,是个不甘寂寞的人,或者说是一个自强不息的老头儿,一生都在勤奋中享受生活的乐趣。垂暮之年,我特别喜读唐代诗人李商隐的诗句:"天意怜幽草,人间重晚晴。"

2004 年是天津建卫筑城 600 年,各媒体从 2002 年就展开了宣传活动,报社、电视台等单位向我约稿,为了抒发对家乡的一片

在《六百岁的天津》首发式上
冯骥才(右三)、罗澍伟(右二)、杨大辛(右四)、张仲(右五)合影

真情,我是有求必应,尽力而为。我曾做过一次统计,两年间我在《天津日报》《今晚报》《天津青年报》《老年时报》上发表有关天津城市发展变迁的文章46篇,至少有6万字。我曾两次出现在电视荧屏,两次参加有关单位组织的研讨会。政协文史办公室决定编写《中国历史文化名城——天津》一书,在我家召开编务会,协助他们规划、组稿、承担编写新闻出版事业部分,最后审读定稿,成书32万字。市规划和国土资源局主编《天津城市历史地图集》,为之提供资料,参与最终审定,此图册有很高的史料价值。南开大学来新夏教授受古籍出版社委托,主编一套"天津建卫600年丛书",约我撰写其中一册即《天津的九国租界》,成书12万字。《今晚报》社文化部主编《六百岁的天津》一书,聘我为顾问,协助他们确定选题、核对史实,以及最终审读,出版后两次参加签名售书活动;该书内容丰富,图文并茂,可读性强,长时间畅销不衰。

文史研究馆为我出版了个人文集《津门往事杂录》,收入20年来我在报刊上发表的文章64篇,约25万字,基本上留下我在晚年从事地方史志研究的足迹。

(补记:在我90岁以后,又经历了3件事:

其一,天津美术学院与文史研究馆于2015年9月举办铁蹄下的青春——杨大辛与1943年"津京木刻展",展出我早年的木刻作品,以纪念抗战胜利70周年。此次展览后来被中央文化部评为"2015年度优秀展览"。

其二,经市政协文史资料委员会运作,集纳我撰写的文史

铁蹄下的青春——杨大辛与 1943 年"津京木刻展"开幕式

漫谈选集《津门古今杂谭》,30 万字,于 2015 年 9 月由天津人民出版社出版。

其三,2017 年 3 月文史研究馆刊行我的杂文选集《碎思录》,是从我自 1942 年以来撰写的六百多篇杂文、随笔中选录的 112 篇,见证我七十多年写作生涯的轨迹,也算是留给人生的一点标志物吧!

我在衰迈之年,取得了如此骄人的成绩,连我自己都难以置信。唐代诗人刘禹锡有诗曰:"莫道桑榆晚,为霞尚满天。"这是对"老有所为"的礼赞,也是激励,读来令人回味无穷。)

二、80 岁回归党内

在我离休 10 年以后,由于政协离休干部党支部的关怀,让我

80 岁时与夫人在住宅门前留影

重新提交入党申请。政协新生代的党务工作者热情而务实地接受了我的申请,认真甄审我的档案,并召开党员座谈会听取意见,确认我的革命经历、思想觉悟及一生业绩,排除干扰,毅然决定恢复我的共产党员党籍。"双鬓多年作雪,寸心至死如丹。"这是南宋诗人陆游的诗句,恰好用米表达我此时的思想感情。

2003 年 12 月中旬,我正式填写了入党志愿书,这已是平生第三次填写了。我已经在党外漂泊了半个世纪,这个白发苍苍的浪子终于归来!12 月 22 日,离休党支部通过我为预备党员,随后又经政协党委批准,并在一年后如期转正。此时我已经 80 岁了,当即赋诗表达亢奋而欣慰的心情:

白发苍苍八旬翁,丹心依旧不老松;

烈日寒霜皆经过,春风骀荡夕阳红。

老朋友得知我入党的消息后,纷纷向我表示祝贺,尤其是曾找我为他的书稿写序的那位同志,他似乎比我还激动。赵地同志是我

的老领导也是老朋友,多年来我们始终保持联系,他一直为我的党籍问题而愤愤不平,特意写来一副对联以示祝贺:

> 五十八年老革命,风风雨雨,度过"左倾"劫难,迎来河清海晏,余热增辉,莫道桑榆晚;
>
> 癸未岁尾新党员,孜孜淑淑,编著天津史志,赢得镰斧红旗,成绩斐然,只争老凤鸣。

某位报社记者,不知通过什么渠道知道了我入党的事,他可能认为我也算个"知名"人物,有新闻报道价值,于是打电话要求采访我。我觉得一个参加革命工作近六十年的老同志却拖到80岁时才入党,读者会怎么想呢?又怎能三言两语把事情说清楚?我又不能借此倾吐苦水,因此婉言谢绝了他的好意。

耄耋之年终于实现毕生追求的政治归宿,尽管过程是曲折的、艰辛的甚至是痛苦的,但是组织上的关怀、老朋友的爱护,不仅使我感动不已,同时更激发了我的生命活力。

三、登临信仰高峰

我以八旬高龄登临信仰高峰,就思想境界而言,豁朗开阔,无限风光;回想起攀登历程,崎岖陡峭,步步艰辛。自从20世纪50年代以来,为党籍问题经受了半个世纪的磨难,年复一年,痴情不改,直至80岁时才如愿以偿,含泪笑到最后。多难励志,否极泰来,吟得闲诗两首,聊以自慰:

其一

碌碌波波八十春，不曾富贵不曾贫；
恶语流言堪可畏，苍天无负老实人。

其二

风风雨雨八十秋，多少悲辛付东流；
是非迷离常倒置，心无愧怍复何求。

既然成为工人阶级先锋队的一员，我更应严于律己，对党忠诚。我已经不受岗位的约束，也已经淡出文坛史苑，没有谁要求我必须做些什么，但我从来就是个不甘寂寞的人。回归党内，心潮澎湃，兴之所至，笔耕不辍，愿为构筑社会主义先进文化大厦添上一砖半瓦；政协文史办偶有书稿送来，我必认真审读，精心把关，为促进政协文史工作的开展而不遗余力。2005年，又蒙政协之友联谊会的抬爱，为我出版个人文集《沽水余沫》，收入文稿71篇，约20万字。2011年，我又从

被评选为"优秀共产党员"时留影

积存的旧稿中筛选出 55 篇,约 10 万字左右,辑录入《乡情漫笔》一书,并选择涉我平生著作的评介文章 11 篇,附于书后备览,承蒙政协文史资料委员会惠予刊行。屈指算来,我从事写作活动已整整 70 年矣!寿登耄耋,心情恬淡而愉悦,毫无孤寂失落之感,诚如现代学者朱自清所吟:"但得夕阳无限好,何需惆怅近黄昏。"

2011 年,适逢中国共产党成立 90 周年,市委布置全市各系统各部门开展评选优秀共产党员活动,我万万没有想到,经离休党支部的提名,荣膺政协机关的"优秀共产党员"称号。乍闻之际,喜极而泣;激动之余,惶惶不安。我自信践行党的理念,在政治上与党中央保持一致,对党怀有真挚情感,忠诚于党的事业,但这"优秀"二字确实受之有愧,毋宁说是党对我的慰勉。今生无怨无悔无愧无憾矣!

人生苦旅,饮得甘泉;坎坷一生,善始善终。——回忆录也就此杀青。

(脱稿于 2012 年 3 月,2019 年 2 月加以补充)

附　录

我与木刻

翻检旧物,发现了我在青年时代的木刻创作,淡忘了的往事又一幕幕地再现于脑际……

我对木刻版画艺术发生兴趣,自然是受了鲁迅先生倡导新兴木刻运动的影响,不过那是 20 世纪 30 年代初的事,彼时我还是个懵懵懂懂的娃娃。卢沟桥事变那年,我刚好小学毕业,考入一所商业职业中学,因为喜好美术,每到星期日去西北角市立美术馆,学些绘画的基础课程,从而结识了一些热衷于艺术的青年朋友。其时,日寇侵略铁蹄已经践踏了大片国土,"国破山河在,城春草木深",青年们的内心充满了苦闷和迷惘,有人便借木刻创作来抒发自己的心声。人们都很清楚,鲁迅提倡的木刻运动,具有唤醒民众奋起抗敌的艺术感染力,尤其是经鲁迅介绍的一些外国版画家,如凯绥·珂勒惠支、麦绥莱勒等人的作品,蕴涵着深沉的阶级感情与强烈的斗争意识,成为"普罗文化"的组成部分。这样,40 年代初,在天津的艺术青年中间,便形成了一股木刻创作的热潮。

这件事说起来也并不偶然,因为在抗战前天津的木刻运动就已经打下了基础,这不能不归功于画家杨袁。他从 1932 年开始从事于木刻创作,曾将自己的作品寄给鲁迅先生求教,得到过鲁迅的鼓励。他联系几位木刻爱好者建立了平津木刻研究会,又是搞讲座,又是办展览,报纸上也不断地宣传鼓动,在社会上形成了一定的声势。如今我们这么一伙青年又搞起木刻来,很自然地就团结在杨袁的周围,尊之为业师,虽然他当时的年纪也不过二十几岁。杨家是津门望族,家境优裕,在宫北大街的杨家大院里专辟一间画室,是艺术青年们经常聚集、切磋的去处。杨袁的夫人余谦(笔名疯大姐),思想激进,待人热情,也是版画艺术的积极鼓动者。我们这支松散的木刻创作队伍,算起来有那么十几个人,现在能回忆起来的有:李文琨(平凡)、李培昌(左建)、金力吾、张伯良(白浪)、刘子密、王明侯(王岗)、刘济时、于鲁、宋野蓁等,多数是在学的中学生,也有几个职业青年。

当时我们这些人的家庭出身与思想状况虽然各异,但对版画艺术列为"普罗文化"这一点,大体上是认识一致的。因此在创作题材上,大多以刻画劳动人民的悲惨境遇为主,借艺术手段表达对人世间的愤慨,呼吁社会的同情。可以这样说,是继承了 30 年代木刻运动的传统,尽管大家在政治上、思想上及艺术上还很不成熟。

木刻创作有一个方便条件,就是可以自己拓印,便于推广、传布与艺术交流,也便于投稿,但被报刊选用的机会则比较少。我因为经常为报刊写稿,结识了几位编辑,便向他们建议,用木刻原版上机器可以节约制版费用,怂恿他们多刊登木刻作品。这个办法果见成效,除了天津的报刊外,北京出版的《艺术与生活》《吾友》等杂志都开辟过木刻专页。此外,我又动员几位木刻作者拓印自己的作品,装订成册,取名"杜梨木刻集"。因为是"手拓"本,印数很少,不过三四十本,很快就被爱好者索取光了,我自己连一本也未能保存下来。

为了扩大版画艺术的社会影响,在 1943 年 1 月,经我一手操持,举办了一次津京木刻展览会,地点借用巴黎道(今吉林路)青年会的大厅。幸而我保存了当时印发的展品目录,记载了此次展览共展出 19 人的作品 108 幅。其中天津的作者 8 人(平凡、子密、于鲁、杨鲍、王岗、宋野蓁、白浪、金力吾),作品 63 幅;北京的木刻作者 11 人(王青芳、梦笔、马立璇、焦荣吉、闻青、贾铁成、张承武、徐承振、张淑华、张鹤云、陆少青),作品 45 幅。这次展览,由于没有条件进行事先宣传,所以前来参观的人不是很多,但日本特务的嗅觉却异常灵敏,闻风而至,对青年会大加诘难,弄得原来答应借给场地的青年会干事十分紧张,催我赶快闭幕,别找麻烦。展览会的遭遇倒也说明木刻刺痛了日伪当局。我当时对此事不大介意,后来才知道日本特务机关从此就注意起了我的行动。其后不久,有一个自称是邮局职员的刘新生,以"慕名"的姿态光临我的住处,希望和我交个"朋友",我热情地予以接待。他每次来总是不厌其烦地问我正在读什么书,写什么文章,并向我索取木刻作品,进而伸手向我借钱,后来就很少登门了。直至日本投降之后,才弄明白刘是日本特务机关派来调查监视我的特务分子,使我有点不寒而栗。

全面抗战胜利后,我经营知识书店,卖些进步书刊。这时我对版画艺术依然未能忘情,又联络杨袁、李培昌、金力吾几个人,拓印

自己的作品，连同我在内共选定 12 幅木刻新作，汇编成册，取名
"喜悦木刻集"，在知识书店发售。集子上印有"手拓本三百册"字
样，实际上由于手工拓印太吃力仅印了百余册，很快就售光了。此
木刻集如有人保存下来，可称得上是"珍本"了。在整个解放战争时
期，时局动荡，民不聊生，原来我们这伙儿爱好木刻的青年，各奔生
路，很少往来，究竟谁还在坚持木刻创作，都不清楚了。至于我，偶
尔兴致上来就刻上一幅，留供自我欣赏。当 1949 年 1 月中旬人民
解放军围城之际，我怀着翘望迎接黎明到来的心情，在炮声隆隆
中，刻了一幅以书店内景为题材的木刻画。当时的想法是，天津即
将解放，书店已经完成了宣传革命文化的历史任务，刻一幅作品留
个纪念吧！没有料到，它却成为我木刻生涯的最后一幅作品。新中
国成立后，由于沸腾的生活，紧张的工作，迫使我与木刻的缘分戛
然而止了。

曾几何时，半个世纪的岁月如此匆匆而去，回顾青年时代的艺
术屐痕，那么憨稚，那么纯挚，回味起来，恋恋不已，自然也不免有
那么一丝丝怅失之情。其实，人生的道路随时随地都面临着十字路
口，说不定会拐向哪一条道上去，但只要生活得充实，工作得愉快，
个人存在的价值为社会所认可，就不应有什么失落感。到了晚年，
依然如此。

（1991 年 11 月）

133

木刻作品选

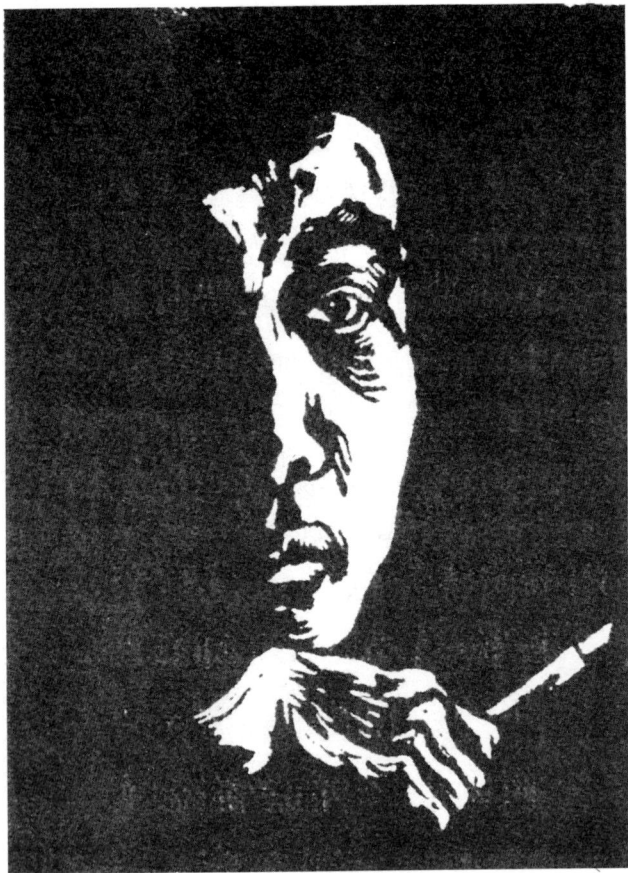

自刻像

重担

逃难大军

施
粥

冰凉的岁月

纤夫

苦力

拓路

打夯

家在西风里

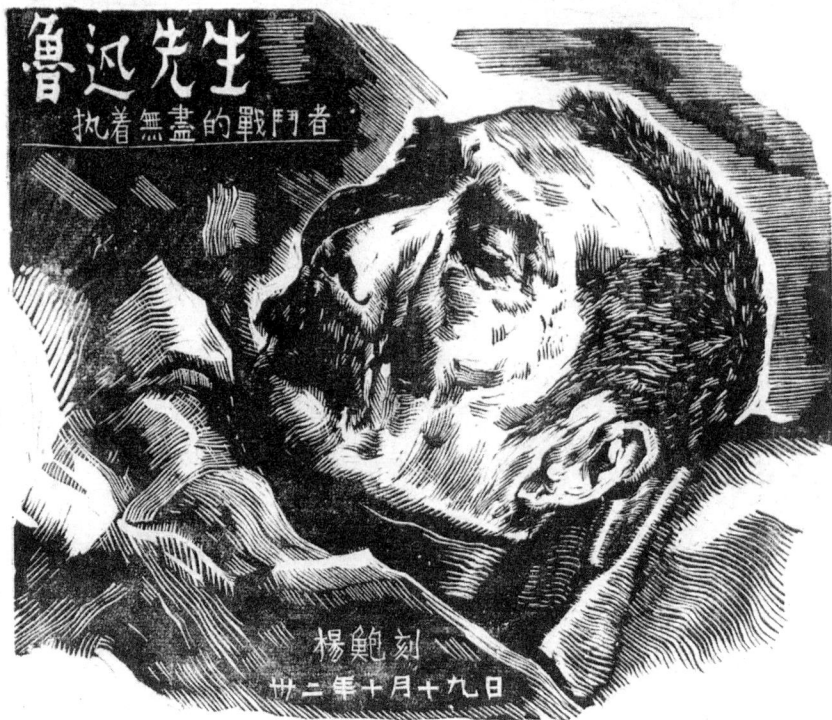

鲁迅先生遗容

母亲的欣慰

威风

提着空面袋回来的人

奋斗

鲁迅像

苦难岁月

耕

藏书票

我欲乘风破浪而去

为什么我们生活得这样苦？

书店一隅

编后絮语

本人身世卑微，性情耿介，一向愤世嫉俗，因此命运坎坷。1946 年我 21 岁参加革命（经营书店），1950 年加入共产党，由于工作调动而弃文从政，此后便遭受"左倾"势力的歧视与排斥，先是党员预备期拖宕 8 年之久，后又因为反右派斗争被撤销党籍。面对"左倾"强势打压，我是无辜弱者，虽一再申诉也无济于事。此后政治运动接二连三，我竟在党外漂泊了将近半个世纪。在我离休 10 年后 78 岁时，终于重新回归党内，2011 年纪念建党 90 周年，我已 86 岁又披上"优秀共产党员"绶带。可以说，我经历了传奇般的革命生涯，从一个侧面也折射出国家在不同历史时期的政治态势。

我因此沉思良久：当年众多热切献身革命事业的知识分子，历经社会主义革命的强劲浪潮，不断受到冲击甚至沦为"右派"，即或不公平，也是"以阶级斗争为纲"历史的必然命运。"风物长宜放眼量"，如果矢志不渝，继续努力攀登社会主义高峰，方显出革命者本色，所以无须念念不忘曾受过政治伤害而耿耿于怀。有感于此，遂提笔写就题为《苦旅甘泉》的回忆录，记述个人坎坷受难与勤奋敬业的一生经历,也算是一笔"文化遗产",留给家人与挚友存阅,当时无意公之于世。

岁登耄耋,心怠力衰,逐渐淡出文苑。不曾想,在 2017 年 6 月,全国政协文史馆与我取得联系,告知他们正在进行一项名为"讲述中国"口述史的文化工程,准备对我进行采访录像。当时想,我不过是一个从事编史修志的编辑,且已离休二十余载,是非功过任凭世人评说,我也不介意,又何必多此一举?继而一想,我与全国政协毕竟曾经也算是"一家人",却之不恭,既然要录就来录吧!当全国政协文史馆寄来录像光盘后,感觉谈得有点啰唆,且有口误,不尽如人意。于是我对录像的口述内容略加梳理,完成一篇口述史的文字稿,当即寄给全国政协文史馆存档备考,以弥补不足。

因此,这篇"口述史文稿"就与原来的"苦旅甘泉"形成回忆录的姊妹篇,两者间隔 5 年之久。

2018 年初,天津人民出版社王康同志来访,谈及出版社有意派岳勇同志为我录口述史,我当即回答不久前已由全国政协文史馆录制过,并出示口述史文字稿请她过目;随后又将旧稿"苦旅甘泉"请王康、岳勇二位同志阅评。不久接受岳勇的一次访谈,商定为我出版回忆录,并将"口述史文稿"的某些内容纳入其中,融为一体,编成本书稿,非常感谢岳勇同志的精心操作。

又,2015 年 9 月,天津美术学院与市文史研究馆曾联合举办铁蹄下的青春——杨大辛与 1943 年"津京木刻展",展出我早年的木刻作品，以纪念抗日战争胜利70周年。我早在1991年曾对当年从事木刻创作的经历发表过一篇回忆文章，作为附录也一并收入集中。

　　垂暮之年，愉悦感受"夕阳无限好"；欣逢盛世，但愿再迎几载艳阳春！

杨大辛

2019年3月

微信扫描二维码
　获取以下服务
　共享　观看作者口述片，
开启别开生面的文化之旅。